僕の恋人は
いつか誰かの
ものになる

僕《ぼく》の恋人《こいびと》はいつか誰《だれ》かのものになる

きたざわ尋子《じんこ》

ILLUSTRATION：兼守美行《かねもりみゆき》

僕の恋人はいつか誰かのものになる

LYNX ROMANCE

CONTENTS

僕の恋人はいつか誰かのものになる

抱きしめていた腕が離れていったことで、珍しく目を覚ました。

朝は苦手で、こんなことは滅多《めった》にない。聡海《さとみ》は――白石《しらいし》聡海は、恋人が起き出していっても気付かずに眠り続けるのが常だった。それは身体《からだ》を重ねたときも、そうでないときも同様だ。特に前者の場合、聡海は深く眠り込んでしまって、なかなか起きられないことが多い。

だから今日は非常に珍しいことだった。

ぼんやりとしながら、恋人の背中を見つめる。

広くて大きな、大人の男の背中だ。聡海のそれとは比べものにならない。シャツを着るために動く筋肉さえも美しいと思う。

彼は全体的にすらりとして見えるが、肩幅があって、ほどよい筋肉で覆われている。むさ苦しくはないが十分にたくましく、着やせもするからエリート然とした雰囲気を損ねることもない。

八歳年上の恋人、景山隆仁《かげやまたかひと》はネクタイを結びながら聡海を振り返った。

「起きたのか」

「うん」

「珍しいね」

緩くネクタイを締めたまま戻ってきた隆仁は、ベッドに腰掛けて聡海の髪を撫《な》でた。

指先が地肌に触ることで、ぞくぞくと快感が這《は》い上がる。昨夜の官能が蘇《よみがえ》り、あやうく声が出そうになった。

日を跨《また》いで二度も求められた身体は、いともたやすく快楽の粒を拾い上げる。そういう身体に作り変えられてしまったのだ。

初めて抱かれた日から、三年と半年ほど。思えばそのあいだ、三日以上空くことなく抱かれてきたから、身体はもう開発されきったと言ってもいいだろう。週末ともなれば行為は激しく濃厚になり、一日中ベッドから出してもらえないことも珍しくはない。

（まだ飽きないのかなぁ……）

口には出さず、そう思う。

告白を受け入れたとき、聡海は一年間くらいの関係だろうと勝手に思っていた。そのうち飽きるか心変わりするかで、自分は恋人の座から降ろされるだろうと。

当たり前のようにそう思ったほど、聡海は隆仁という男に不釣り合いだった。いや、いまでもそう思っている。

いつまでたっても見飽きることがない美しい顔は女性的なところなど一つもないのに、まさしくきれいだとしか言いようがない。その切れ長の目には理知的な光があり、すっと通った鼻筋や引き締まった唇と相まって、少しばかり冷たい印象を抱く者が多いらしい。らしい、というのは、聡海自身がそう思ったことはないからだ。

聡海にとって、隆仁はどこまでも甘くて優しい人だ。激しさに戸惑ったり翻弄されたりもするが、とても大切にされているという自覚はある。

いまだって愛《いと》おしくてたまらないという目をして聡海の髪を梳《す》いている。

髪を撫でる手が心地よくて、もう一度眠りに落ちてしまいたくなった。だが今日は午後からどうしても出なくてはいけない講義があるし、午前中は家のことをしておきたかった。

重いまぶたをどうにか持ち上げ、聡海はぼんやりと隆仁を見つめる。

「もう少し寝てるといい」

「だめ……掃除もしたいし洗濯も……あと晩ご飯の準備……」

材料は昨日のうちに買ってある。帰宅したらすぐ仕上げられるようにと、昨日から計画していたのだ。なのに恋人は聡海を甘やかそうとする。

「サボっていいんだよ。掃除も洗濯も、一日くらいしなくても大丈夫だ。食事は外へ行ったっていいし、デリバリーでもいい」

「やだよ。せっかく兄さんの好きな……あっ」

禁句を口にしてしまったのは、まだ頭がちゃんと動いていないせいだ。禁句というほど大げさなものではないが、隆仁は聡海が兄と呼ぶことをよしとしない。恋人になったときから、それは何度も言われていた。

彼らは兄弟ではないが、それに近い関係だった。告白を受け入れた十八歳の春までは、ずっと「兄さん」と呼んでいたのだ。当時のくせが、なかなか抜けてくれない。

隆仁は笑みを浮かべたまま、指先を髪からこめかみ、そして顎《あご》へと滑らせた。

ぞくりとあやしい感覚が深いところから這い上がってくる。

「お仕置きだ」

目を細めて笑う隆仁が、ゆっくりと聡海に覆い被《かぶ》さった。首を撫でた手が身体を這い、性急に聡海の息を上げていく。

聡海が拒絶や制止の言葉を吐くことはない。言っても無駄なことはわかっているし、火を点《つ》けられた身体を放り出されるのはつらいと知っているからだ。

気持ちいいことは嫌いじゃない。少なくとも隆仁にされて嫌だと思ったことはなく、セックスにもすっかり慣れてしまった。

だが隆仁への気持ちは、身体のように変わってはくれなかった。恋人として愛を囁《ささや》かれ、抱かれても、彼が聡海にとって兄のような存在であることは変わらないままだ。

隆仁もそんな聡海の気持ちをわかった上で付き合い続けている。いつか聡海の気持ちが自分と同じものになることを期待しながら。

「俺を呼んでごらん」

「隆仁さん……」

そう呼ぶことに違和感はなかった。ただそれは慣れたからであって、隆仁が兄でなくなったということではない。

聡海にとっては、たかが呼び方一つだ。大きな意味などありはしなかった。隆仁のように一喜一憂するようなものじゃないのだ。

それを後ろめたく感じながら、変われない自分に諦めを覚え始めている。こんな自分に、よく隆仁は愛想を尽かさないものだとも思う。

隆仁は完璧な人だ。非の打ちどころのない容姿に優秀な頭脳、人望もあって運動神経もいい。学生時代は委員会や部活で責任のある役職に就き、いまは三十歳の若さで会社の代表を務めている。

(でも残念な人だよね……)

完璧な隆仁なのに、選んだ恋人の趣味だけはよろしくない。なにを好きこのんで、と聡海自身が誰よりも思っていた。

昔から恐ろしくモテた人だった。黙っていても相手がひっきりなしに寄ってきていた。

なのにわざわざ聡海を恋人にして、困るくらいに尽くして甘やかして、代わりとばかりに貪欲に求めるのだ。本人曰《いわ》くゲイではないらしいので、ますます不可解だ。

相応《ふさわ》しい人がほかにいるはずなのに――。

ずっと思っているけれど、口に出すことはしない。以前一度だけ言ってしまい、隆仁の逆鱗《げきりん》に触れたことがあるからだ。あのときは一番ひどい目に遭った。声が嗄《か》れるまで性的な意味で責められて、二度と言わないことを誓わされた。快楽というものは度が過ぎるとつらくて怖いものなのだと、身をもって思い知らされた。

最初から最後まで聡海には優しく甘く触れていたし、恫喝《どうかつ》もなかったし卑しめるようなことも言わなかったが、泣いても喚《わめ》いても無視する隆仁は怖かったのだ。タイミングもすこぶる悪く、大学に入って最初の大型連休の前半がお仕置きで潰《つぶ》れるという異常事態になった。

だから聡海は今日も余計なことは言わない。そうして隆仁がいつ別れを切り出してもいいように、心がまえだけはしているのだ。

怠《だる》い身体を引きずって、せっかく時間通りにやってきたというのに、担当教授は事故渋滞に巻き込まれて三十分ほど遅れるという。

教室に集まった学生たちは、多少の不満を口にしつつも思い思いに時間を潰している。いったん出ていった者もいるし、友達としゃべっている者もいるが、一番多いのはスマートフォンを弄《いじ》っている者だ。聡海もその一人だった。

意味もなく画面を見ている横では、仲のいい友達が突っ伏している。眠っているのか、ただそういう格好をしているのかは不明だ。

友達――木之元庸介《きのもとようすけ》は、いわゆる幼なじみだ。幼稚園も小学校も一緒だったが、当時はあまり交流がなく、中学で仲良くなったパターンだった。

庸介はこの講義を取っておらず、暇だから隣に座っているだけだ。

聡海も本来なら、昨年度のうちに単位が取れていなければいけないコマだったのに、出席日数が足りなくて単位を落としてしまった。

聡海は基本的に真面目《まじめ》な学生だ。だがときどき、主に体調の問題で出席できないことがあり、運悪くそれが集中してしまったのがこの講義だった。

ちなみに身体は弱くない。ひ弱そうと表される見た目に反して健康優良児で、普通に生活していたらほとんど風邪もひかない丈夫な身体を持っている。ではなぜ単位を落としたかといえば、それは今朝方の事情と同じだ。昨年度は一限目にこの講義が入っていたため、隆仁のせいで起きられないことが何度かあったのだ。

今日も結局、掃除をする時間はなくなってしまった。頑張って洗濯と夕食の準備だけはなんとかしてきたが。

（隆仁さんだって時間ギリギリだったんじゃないのかな……）

いつもは朝食を取りながら軽く仕事をしていくのに、今日はその時間を聡海のお仕置きに当てていた。さすがに本番にまでは至らなかったが、聡海は朝っぱらから一方的に喘《あえ》がされる羽目になって、続きは今夜だとも言われた。

そのあたりはいいのだが、アイロンがけしたシャツに皺《しわ》ができたのは残念だった。上着で隠れるからいいと言って出かけていったものの、とりあえず忙しい朝にやることでないのは確かだろう。

溜《た》め息《いき》をつくと、周囲がざわっと変な反応をした。顔を上げたら、こちらを見ていた男子学生と目が合い、愛想よく手を振られたので無表情で返しておいた。するとますます騒がしくなった。

自覚はしている。聡海は昔から良くも悪くも目立つ存在なので、人の視線には慣れている。顔立ちは亡くなった母親譲りで二十歳《はたち》を過ぎても男らしさの欠片《かけら》もなく、大人や同世代の女子だけでなく男子からも可愛《かわい》いと言われてきた。身長は平均を下まわり、体格は控えめに言って貧弱だ。隆仁はきれいだと褒めそやすが、多分に惚《ほ》れた欲目だろうと聡海は思っている。まぁバランスは悪くないと自覚してはいたが。

とにかく近づきたいと思う人間は多いものの、近くに庸介がいるので近寄ってはこない。中学のときからそうだった。たまに例外はいるがその数は多いと言えず、大学でもたった一人だけだった。

庸介には妙な噂《うわさ》――というよりも伝説のようなものがあって、昔から周囲から恐れられてきた。本当はとても真面目で優秀なのに、学校を陰で仕切っているとか手下が何十人もいるとか一対十数人のケンカに勝ったとか、根も葉もないことをさも真実のように語られてきた。

だいたい嘘《うそ》だと本人は言っている。つまり多少は真実も含まれているということだが、どのあたりが本当かを確かめたことはない。聡海にとって庸介はあくまでも親切な友人で、この世で二番目に信用している相手なのだ。

むくりと庸介が起き上がると、途端に緊張感が周囲に走った。ざわめきもピタリとやんで、息を潜めるようにして学生たちが意識をこちらから逸《そ》らしていくのがわかる。

これもいつものことだった。

「……教授、まだこねぇの？」

「うん」

「三十分過ぎてんじゃん。講義の声聞いてるほうが、気持ちよく寝れるんだけどなー」

庸介曰く、昼寝には授業中の教室が一番らしい。それが本当なのか、聡海のために言っているのかはわからなかった。

そうこうしているうちに教授はやっと到着し、軽い謝罪の後に講義が始まった。マイクを通した声が聞こえるなか庸介は眠り、聡海はいつもよりも短い講義を受けた。出席やおしゃべりには厳しいが寝ている学生は放置する主義の教授なので、今日も庸介を始め数人が寝たままだった。

「終わったよ」

「……おー……」

寝起きの庸介は二割増しで目つきが鋭い。だが聡海はいつものことと気にせず、荷物をまとめて立ち上がる。

連れだって歩くと学生たちが避けるのもいつものことだ。高校と中学のときの同級生がこの大学に何人かいて、彼らがかつての噂を広めたせいで、ここでも庸介は遠巻きにされているのだ。

「庸介、不良でもなんでもないのにね。社長令息だし」

「令息って言うな。たいした会社じゃねぇし」

「えー、結構大きいじゃん」

庸介の実家は清掃サービスの会社を経営しており、その窓口となる営業所は関東《かんとう》に数十ある。決して小さくはない会社だった。少なくとも聡海の亡き父親が興して隆仁が継いだ会社よりはずっと大きいのだ。

「従業員数だって、うち……っていうか隆仁さんのとことは比べものにならないし」

「そもそも業種が違うだろ。利益率考えたら、そっちだってかなりなもんじゃん。あの歳《とし》ですげぇと思うぜ」

「うん、それは思ってる」

聡海の父親が興した会社は貿易会社で、扱うのは主に食品だ。レストランや小売店などに卸したり、直営店での販売も行ったりしている。父親の代は卸だけだったが、継いだ隆仁は直営店を作って二年で十店舗にまで増やした。今後も増やしていく計画だし、オリジナル商品も徐々に開発していく予定だという。

「おまえ、マジで就職しねぇの？」

「……うん」

「自分とこはともかく、外へもか？」

「なんか、隆仁さんがマジトーンなんだよね」

来春卒業予定の聡海だが、後見人である隆仁はこのまま修士課程へ進めと強く希望しているのだ。聡海は十六歳のときに母親を亡くし、十八で父親も亡くした。それから成人するまでは隆仁が保護者で、いまでも実質そうだ。親類はほかにもいたが信用できる人はいなかったし、隆仁は兄にも等しい存在だったのでごく自然な流れだった。

その隆仁に望まれると、聡海としては強く我を通すことができない。この分だと聡海は来年も学生という身分のままだ。

「なんだろうね。もしかしたら本当は自分が修士課程とか博士課程とか、進みたかったのかな。だから僕に言うのかも？」

「いや、違うだろ」

即答だった。しかも呆《あき》れたように、そして聡海の言葉に被せてくるように言った。

「じゃあなに？」

「単純におまえを社会人にしたくねぇんだろ」

「はい？」

「エゴだよ、エゴ」

「エゴ……？」

相変わらず庸介は辛辣《しんらつ》だと思った。彼は隆仁に対して容赦がない。だからといって悪感情を抱いているわけでもないのだ。彼なりに客観的に、そして冷静に見て判断し、隆仁の言動に問題があると思っているらしい。

そのあたりに聡海の認識とのズレはある。あるが、聡海にとって隆仁の言動にはさほど問題はないので別にいいと思っていた。

「おまえを囲い込んでおきたいんだろ。自分の手から離れるのが嫌なんだよ」

「うーん……ただの甘やかしだと思うんだけど」

あるいは社会に出すにはまだ頼りないと感じているか。いずれにしても隆仁のなかで聡海はまだ大人ではないのだろう。

だが庸介は溜め息をついて、ゆっくりと首を横に振った。

「おまえの人付き合いを限定的なもんにしておきたいんだと思うぜ。世界を広げたくないんだろうさ。俺はそのへん、かなり重宝されてるからな」

「人避《よ》けに？」

「そう」

庸介の言い分は理解できるようでいて、よくわからなかった。わかるのは隆仁が聡海を大事にしてくれていることだけだ。

「確かに僕、友達少ないね」

「俺のせいもあるよな」

「関係ないよ。欲しかったら自分から作ってるし……うん、でも対人スキルは上げていかないとマズいよね」

愛想は悪くないと自負しているが、相手との距離の取り方や気の利いた受け答えというものがよくわからないのだ。細かく言えばさらにいろいろあるが、気心が知れない相手とのやりとりで一番困るのがそこだった。

その意味もあって、聡海としては少しでも世界を広げたいと考えたのだが、どうやら隆仁の思惑とは真っ向からぶつかるようだ。

「本気でバイトする気か？」

「当たり前じゃん。アリバイ工作とか、いろいろよろしく」

にっこりと笑って、自分より高い位置にある庸介の肩を叩《たた》く。傍《はた》から見たら庸介につかまっているように見えていることは気付いていなかった。

実は明日、聡海は庸介の父親の会社・セイソーズでアルバイトをすることになっている。厳密に言うと、庸介の歳の離れた兄・雄介《ゆうすけ》が所長をしている営業所でのアルバイトだ。業務内容は当然掃除で、そのために何度も研修を受けてきた。

営業所に顔を出していることは隆仁も知っている。だが大学から近く、すでに庸介もアルバイターとして出入りしている場所なので、一緒にくっついていっているだけだと思っているようだ。

「つーかさ、バイトもダメってどういうことだよ」

「それは前に、どっかでバイトしようかな、って呟《つぶや》いてみたときだよ。それにダメとは言われてないんだよ。必要ないって言われただけ」

「同じようなもんだろ。深窓のご令嬢かよ。いや、お姫さまだな。そうだ、あの人はおまえをお姫さま扱いしてる」

「それはどうだろ……？」

お姫さまに対して朝からあんなことをするだろうか。口には出さず、聡海は首を傾《かし》げた。

庸介は聡海たちの関係をほぼ正確に把握している。兄弟同様だったときから彼は自分たちを知っていて、告白されて受け入れたことも報告したし、自分の気持ちについても相談した。躊躇《ちゅうちょ》なく打ち明けた聡海も聡海だが、驚きもせずに聞いていた庸介も大概だろう。前々からそうじゃないかと思っていたから驚かなかったのだという。

そんな庸介は、相談したときにこう言った。無碍《むげ》に振ることだけはするな、と。

隆仁を慮《おもんぱか》っているように聞こえるが実際は違うらしい。どうせ振っても諦めないし、頑として受け入れなかったら最終的にストーカーに変化するから熟考しろ、という意味だった。

結局のところ聡海は、熟考したわけでもないのに恋人のままでいる。自分よりずっと大人なはずの隆仁が自分に縋《すが》っているように思えて、差し出される手を振りほどくことができずにいた。愛情が続くのもそう長くはないだろうと思い、今日まで来たのだ。

「きっとさ、子供の頃《ころ》のイメージが離れないんだと思うよ。危なっかしいって思われてるんじゃないかな」

「それは事実だけどな」

「ひどいなー。これでも隆仁さんには頼られてるはずなんだけど。なんたって唯一の家族だしさ」

「あの人には母親がいるだろ」

「もう縁は切ってるよ。知ってるくせに」

その人は聡海にとっても、本来は身内のはずの人だった。

亡き父親の姉——つまり伯母《おば》に当たる人なのだ。だが彼女は隆仁に対する育児放棄と暴力で親権をなくした。むしろ喜んで手放し、その後自分は恋人と好きに生きている。自己愛が強いその人にとって、腹を痛めて産んだはずの息子は、狙った男と結婚するための道具でしかなかったらしい。

隆仁が白石家に引き取られたのは十二歳のときで、当時の彼は四歳児の目にもひどく傷ついて荒《すさ》んでいるように見えた。初めて会った従兄弟《いとこ》のことを子供心に放っておけず、できる限り一緒にいた。

誰に言われたわけでもなく、自発的に寄り添っていたのだ。

隆仁が聡海にこだわるのは、きっとそのせいもあるのだろう。

「いま、どこでなにしているんだろうな」

「さぁ……？」

聡海が伯母に会ったのは一度きりだ。父親が亡くなった後、彼女は恋人の入れ知恵で白石家の財産を手に入れようと乗り込んできた。タチの悪い男だったらしく、隆仁がいてくれなかったら聡海は脅されるか騙《だま》されるかして、かなり面倒なことに巻き込まれていただろう。隆仁と顧問弁護士には感謝していた。

「聞いてねぇのか」

「海外にいるみたいだけど、詳しくは知らない」

隆仁から聞かされたのは、彼女がもう接触してくることはないだろう、ということだった。詳細についてはあまりよく知らない。聞いて欲しくなさそうな空気を感じたからだ。

優しいだけの人でないことは、とっくに気付いている。けれど重要なのは聡海にとってどうであるかだし、実母に対して非情であろうと冷たくあろうと仕方ないと思っている。それだけのことを隆仁はされてきた。どんな目に遭わされようと親を慕い続ける子もいるだろうが、隆仁はそうじゃなかったのだ。

「ま、あの人のことだから、抜かりはないんだろうけどな」

「そういうとこはストレートに認めるんだね」

「俺が問題だと思ってんのは主に性格だからな。性格っつーか、おまえが絡んだことっつーか。ちなみに兄貴も同意見な」

「うーん……」

雄介の名を出されると、聡海は反論しづらくなる。なにしろ雄介は隆仁と歳が近く、付き合いの長さもそれなりにあるからだ。弟同士が交流を持たなかったあいだも、兄たちは同じ高校の先輩後輩として関わりがあったのだ。ちなみに雄介が一つ上で、当時は隆仁が敬語を使っていたという。

そんな雄介なので、アルバイトの件もいろいろ融通してくれたのだった。

「やっぱりさ、ずっとこのままじゃないとは思うんだよね」

「へぇ……？」

「いつかは弟に戻る日が来るだろうなって」

「ふーん」

聡海が真剣に語っているというのに、庸介はすっかり聞く気をなくしていた。それでも無視しないところが彼らしかった。

「本気でいろいろ考えてるんだよ？　身の振り方とか将来のこととか、ちゃんと考えとかなきゃダメだなって」

「戻らなくても考えたほうがいいと思うぞ」

「だからバイトするんだよ。将来設計の第一歩」

「わかったわかった」

かなり面倒そうに言った後、庸介は明日の予定を確認した。彼はセイソーズのアルバイターとして実務経験が豊富なので、明日は聡海の指導を兼ねて同行するのだ。

聡海の初仕事は飲食店のクリーニングだ。本当は一般家庭に出向いて掃除や料理といった家事をする、いわゆる家事代行や家政夫といったものをやりたいのだが、男の身ではなかなか厳しいという。もちろん不可能ではないが、客の多くは女性のスタッフを、とりわけ主婦の経験がある者を希望するからだ。かなり狭き門と言えた。

「庸介のとこで家事代行できたら一番いいんだけどな」

「うちも女の人ばっかりだぞ」

「わかってるけどさ……」

「ま、そのうち状況変わるかもしれねぇし、気長に待ってれば」

「……うん」

望みは薄そうだが可能性はわずかながらもあるのだ。それまでにスキルを磨いておこうと、聡海は小さく頷《うなず》いた。

「おっはよーう」

明るい声を発しながら、数少ない友人が近づいてきた。彼は大学に入った直後に臆することなく話しかけてきて、半年ほどかけて親しくなった。

とにかくめげない男だった。すげなくあしらっても話しかけてきて、聡海は諦めて友達になった。見た目はいわゆる「チャラ男」で、言動もそれを裏切らない。だが実は思慮深く、口も堅くて信用できる人物だ。聡海一人の見解なら当てにはならないだろうが、庸介と隆仁のお墨付きもある。

「おはようって時間じゃないよ」

「気にしない気にしない。お茶しよー」

アッシュブラウンに染めた髪がよく似合う男は橘川律太《きっかわりった》といい、出会ったときは同学年だったのに現在は二年も後輩になっている。頭は悪くないのに単位を落としまくった結果だった。しかも本人は少しも気にしていない。

予定もなかったので三人でカフェテリアに行き、席を取って落ち着いた。すると律太はにこにこ笑いながら聡海の髪を撫でてきた。

「やめて」

「だって可愛いんだもーん。ほんと、うちのミルクちゃんにそっくり」

「犬扱い禁止……！」

律太は聡海を亡き飼い犬と重ねては懐かしがるくせがあった。可愛いと言い、髪を撫で、ときには抱きしめる。そこに他意はないから庸介は呆れるだけでなにも言わなかった。

「あー、癒やされる。聡海ちゃんが今日も可愛いから超幸せ。今度うちにおいでよー。そんで俺と寝よう？」

「誤解を招くようなこと言わないでくれる？」

近くで数人の学生がぎょっとしているのが目に入り、聡海は大きく溜め息をついた。

こういうことは初めてではない。だから学内に変な噂が立ったのも当然だった。曰く、橘川律太は横恋慕している、と。横恋慕ということは、聡海に恋人がいるのが前提だ。その相手がいつも一緒にいる庸介になるのは自然なことで、気が付いたときには三角関係の噂が確立されていた。

そんな律太は、聡海に恋人がいることを知らない。知らないが、隆仁という人間のことは知っている。一度だけ家に遊びにきたことがあるからだ。強く希望してのことだったが、隆仁に会ってからは二度と行きたいと言わなくなった。なにやら怖い目に遭ったらしい。

「明日は俺もバイト行くからねー」

軽い口調での宣言に、庸介は目を瞠《みは》った。

「初耳だぞ」

「さっき所長から電話あって、急遽《きゅうきょ》頼まれちゃった。明日の店ってかなりデカいんだってね」

「まぁな」

「みんなと一緒で嬉《うれ》しいし、臨時収入もラッキー」

相変わらずテンションも高くVサインをして笑う律太に、聡海は少しほっとした。知り合いが多いのはやはり安心する。律太は庸介と知り合って半年ほどたってから清掃のアルバイトを始め、いまでは立派な戦力なのだ。

「ところで明日って掃除オンリー？」

「ああ」

「聡海ってほんとは家政夫したいんだよね？　やっぱそっちの仕事ってないの？」

「難しいそうだ」

「そっかー。やっぱ聡海は嫁に行くしかないんじゃない？　専業主婦ってやつ」

けらけらと笑いながらの言葉に聡海は苦笑いしか返せず、庸介は苦虫を噛《か》み潰したような顔になった。

律太の言葉は、聡海と隆仁の関係を知らないからこそだろう。いや、律太ならば知っていても言うかもしれないが。

とりあえず話を逸らそうと、聡海は庸介に向き直った。

「そう言えばさ、明日の現場って？」

「渋谷《しぶや》だ」

「じゃなくて店の名前」

本当は知らなくても、営業所から皆で行くので問題ない。露骨に変えた話題に、律太は特に疑問を抱いていないようだった。

庸介はイタリア語の店名と、詳しい場所を口にしてから、スマートフォンで地図まで見せてくれた。

「あー……」

思わず聡海は苦笑してしまった。飲食店なんて数え切れないほどあるというのに、偶然にも知っているところだったのだ。

「どうした？」

「そこ、うちの会社と取引あるとこだ。うちっていうか、隆仁さんの会社だけど」

子供の頃から何度か行ったことのある店は、父親の代からの取引先だ。常連というわけでもなく、最後に行ったのは二年ほど前だったが。

「へぇ、じゃ向こうに顔見知りがいるかもな」

「それはどうだろ？　僕は覚えられてないと思うよ。名乗れば、ああ……くらいに思われるかもしれないけど」

「えー、聡海の顔はなかなか忘れないって。しかも一緒に行ったのってお兄ちゃんでしょ？　絶対にセットで覚えてるよ」

律太が自信たっぷりに言い切り、庸介はそれについて黙っていた。同意はしていないが否定もしなかった。

「じゃあ、向こうから言ってきたら口止めしなきゃ。気付かれなかったら、そのままってことでいいよね？」

「いいんじゃねぇか」

「あ、そういやお兄ちゃんにはバイトのこと内緒だっけ？」

「うん。よろしく」

「俺はお兄ちゃんと会うことないけどね。っていうか、会いたくないわー。あの人めっちゃ怖いもん。

俺のことなんて、聡海に集《たか》る小バエくらいにしか思ってないよ」

「そんなことないと思うけど……」

聡海が知る限り、特にきついことは言わなかったはずだ。多少威圧感は出したかもしれないが、友人として認めていたし和やかに話していた。

初対面の様子を思い出しながらちらりと庸介を見ると、彼は小さく頷いていた。どちらに同意しているのか確認するのはやめた。聡海はお茶を淹《い》れるためにリビングを離れていた時間があったから、そのあいだになにかあったのかもしれない。

「いいんだー別に。俺はお兄ちゃんの知らないとこで聡海と仲良くするもん」

「ああ、うん。よろしく」

いつもテンションの高いこの友人が聡海は嫌いじゃなかった。コミュニケーション能力の高い彼がなぜこのんで自分たちといるのか、気が知れないとは思ったが。

律太はにこにこ笑いながら、聡海を見つめている。これもいつものことだった。

「……おまえは本当に聡海の顔が好きだな」

「うん、好き。世界で一番好きな顔だもん。ほら、新しい待ち受け！」

意気揚々と見せられたスマートフォンの画面は、つい三日前に撮られた写真だった。自分の顔が待ち受けにされている事実に、聡海はいまだ慣れずにいる。家族ならともかく友人にされることではないだろう。しかも写真は加工され、犬の垂れ耳がつけられていた。律太の亡き愛犬はトイプードルだった。

これだから横恋慕の噂がまったく収まらないのだ。むしろ面と向かって問われた律太が肝心な部分を言わずに肯定するものだから、学内では真実として定着してしまっている。肝心な部分というのは、もちろん愛犬扱いのことだ。あえて言わないあたり、律太は噂をおもしろがっているのだろう。

「可愛いでしょ。このね、耳の感じが自信作。ちゃんと色合わせてんの」

「いいから早くしまえ」

庸介が顔をしかめていても律太は一向に気にする気配がなかった。むしろ遠巻きに見ている周囲が緊張感を漂わせている。

「アルバム見る？　ほらほら、聡海ちゃん専用フォルダ」

「見ねぇよ」

「可愛いのに」

不満そうな顔をして、律太はスマートフォンを弄っている。ちらりと覗《のぞ》き込むと、確かに聡海の写真がずらりと並んでいた。

「おまえの不思議なとこは、それで下心も恋愛感情もないところだよな」

「ないねぇ。アイドル……っていうか、二次元に萌えてるような感じに近いのかなー？　三次元の友達だけどさ」

「理解できねぇよ」

「ペット感覚なんでしょ。愛犬を眺めてる感じ？」

「あ、そっか。そっちだ！」

天啓を得たとでも言わんばかりの律太が握手を求めてきたので反射的に握りかえした。呆れる庸介は目を逸らして黙ってコーヒーを飲んでいた。

「っていうか、いまさらだよ？　さんざん人のこと、ミルク扱いしてたじゃん」

「ミルクは俺のアイドルでもあったから」

「……よくわからない……」

意見を求めて庸介を見たが、彼は無視してコーヒーを飲み続けていた。

張り切って始めたアルバイトは、残念なことに三回目を迎えることなく強制終了となってしまった。隆仁の知るところとなったからだ。庸介は黙っていてくれたが、兄である雄介に口止めするのを忘れたため、運悪く隆仁の耳に入ってしまったのだ。

本当に運が悪かった。数年間会っていなかった隆仁と雄介が、まさか仕事先でばったり会うなんて予想もしていなかった。

そうしていま、聡海は隆仁から「事情聴取」を受けていた。悪いことをしたつもりはないが、非常にいたたまれない気分だった。

「どうして黙ってたんだ？」

口調は相変わらず優しいし、別に顔だって不機嫌そうに見えない。だがそうじゃないことを聡海はよく知っていた。

リビングのソファに座るように言われ、その隣に隆仁が座った状態だ。視線は感じるが、聡海は顔を上げずに自分の手元を見つめていた。

隆仁は隠しごとを嫌がる。ましてアルバイトそのものも、以前からしないように言っていたのだ。今回は話し合いですむだろうが、同じことをしたら次はきっとお仕置きが待っていることだろう。

「……反対されると思ったからだよ。言ったら絶対反対したでしょ？」

「そうだな」

「バイトがしたかったんじゃなくて、清掃の仕事がしたかったんだ。本当は家事代行がよかったんだけど……」

聡海の希望は隆仁も承知だ。聡海はとにかく家事が好きで、そういう仕事に就けたらいいなと前々から言っていた。だが隆仁の反対がなくても難しいことは彼も知っているから、聡海が営業所に出入りしていても特に注意を払っていなかったのだろう。

「だったら、うちの仕事を増やそうか」

「はい？」

思わず顔を上げ、まじまじと隆仁を見つめた。真剣そのものの顔はやはり美しく、こんなときだというのに聡海はぼうっと見とれてしまう。

するりと頬《ほお》を撫でられて我に返った。

「いま入れてるハウスキーピングを断ろう。代わりに聡海がすればいい。相応の賃金を払うよ。ああ、それと庭師も」

「えー……それは、ちょっと全部は無理かも」

作業量ではなく技術的な問題で聡海には少し荷が重い。花の手入れはできても、いくつかある庭木を美しく剪定《せんてい》することはできそうもなく、自然と眉が下がってしまう。

すでに問題は可能か不可能か、という点に移っていた。アルバイトをやめることに関して、聡海はとうに受け入れているのだ。

もともとバレた時点で終わりだと納得していた。抵抗はしない。隆仁とぶつかってまで続けるものでもないと思っているからだ。

家事のスキルを上げたいとは思っているが、アルバイトでやっていた清掃は家事の範疇《はんちゅう》では収まらない専門的なもので、本来聡海が身につけたいものとはズレていた。主に庸介や律太の指示や指導を受けながらだったこともあり、クライアントとのコミュニケーションという点でも経験にはならなかった。初回のレストランでも結局知り合いはおらず、ただのアルバイターとして淡々と作業していたのだ。今後は仕事外で営業所に顔を出し、家事代行のスタッフから経験談を聞くなどして知識を得ようと思っていたところだった。

「バイト料も出そう」

「えー……?」

「どうしてそこで、えー、なんだ?」

「だって自分の家だよ?」

自宅の掃除をするのに報酬をもらう、というのが聡海にはピンとこなかった。これまでもしてきたことだからだ。

もちろん現在の業者がしている分までするとなれば、作業量としては大きく増えるだろう。それでも不思議な感覚には変わりなかった。

「自宅だとしても、本来金を払っていた仕事を聡海に割り振ると言ってるんだ。対価を払うのは当然じゃないか？」

「うーん……」

反論のための言葉は浮かばないが、釈然としないものは残った。すでに小遣いはもらっているし、聡海は養われている身だ。

父親が残した財産というのは、実はそう多くなかった。当時の会社は業績が悪化していて、父親はほぼ無報酬に近い状態だった上、数年前に亡くなった聡海の母親のために、医療費などにかなりの額を費やしていたからだ。

いまこの家は聡海名義となっているが、本当ならばとっくに維持できなくなっていたはずだ。それだけのものしか残されなかった。代わりに金を出しているのは隆仁で、彼は家賃という形で金を入れ、それが固定資産税などに充《あ》てられているのだ。学費や光熱費や生活費なども、すべて隆仁が出している。

完全に養われている状態だ。本来、隆仁にその義理はないというのに、育ててもらった恩だと言って彼は譲らない。

「とっくに恩なんて返してもらったと思うけどなぁ」

それに隆仁を引き取ったのも育てたのも、聡海の両親であって聡海ではない。いくら返す相手が亡くなってしまったからとはいえ、返しすぎだろうと思った。

「全然返し切れてないよ」

抱き寄せられてこめかみにキスされて、聡海は目を閉じる。

隆仁の愛情も執着も疑いようがない。こんなに愛してもらっているのに、いつまでたっても聡海は恋人として歪《いびつ》でしかいられない。

同じ気持ちを返せない自分に胸の痛みを覚えるようになったのは、いつからだったろう。

その手を自分から離すことはできないから、離れていくときは隆仁からだ。それは聡海のなかで絶対なことだった。

火曜日は聡海が一番家事に力を入れる日だ。

四年生になった現在は、週に三日だけ大学に顔を出している。すでに一つを除いて単位は足りているから、卒論に必要なものと興味がある講義だけ取って行っているのだ。平日のうち火曜日と水曜日は空いていて、特に火曜あたりは体力も気力も充実している。毎日のように家事はしているが、特に念を入れる日と決めてある。

自宅は二階建ての5LDKで二人で住むには少々広すぎる上、寝室として使っているのは数年前から一つだ。あまり立ち入らない部屋もあり、掃除はそれほど大変ではなかった。

家の隅々まで掃除をし、夕食の支度をあらかたすませた後、庭の手入れをした。そうしていまは取り込んだ洗濯もののうちアイロンが必要なものを相手にしている最中だった。

皺一つない襟を見ると気持ちがいい。ハンガーから白いシャツを外してアイロンをかけていると、インターフォンが来客を告げた。

すでに日は落ちて暗くなっており、隆仁の帰宅時間になっていた。いつの間にか雨も降っていたようだ。結構な音がしているが、アイロンがけに夢中で気が付かなかった。

モニター画面を覗き、聡海は首を傾げた。

若い女性だ。二十代後半といったところだろうか。フェミニンな雰囲気の漂う美人で、笑みを浮かべて反応を待っていた。

(……誰?)

女性は知らない人だ。近所の人ではないし、服装からしてなにかの勧誘ということもなさそうだった。モニター越しでもわかるダスティピンクのコートとオフホワイトのワンピースは、これからデートだと言われたほうが納得できる出《い》で立《た》ちだ。ロングの髪はきれいにセットされ、メイクもきちんとされていた。

　無視するのもどうかと、聡海はマイクを繋《つな》げた。

「はい？」

『あの、こちらは景山隆仁さんのお宅ですよね？』

「あ……はい。そうですけど……」

　なるほど、と腑《ふ》に落ちた。どうやら隆仁の知り合いらしい。

　自然と聡海の眉間には皺が寄っていた。いままで一度だって、女性が隆仁を訪ねて来たことはなかったからだ。学生時代に何人か押しかけて来たことはあったが、バレンタインデーや誕生日に限られ、約束があった相手は一人もいなかった。

　現在、家の表札は二つ出ている。知らない人が見たら、家の大きさもあって二世帯住宅だと思うことだろう。二世帯という点は間違いではないが。

『わたくし、景山さんの大学の後輩で園田妃菜子《そのだひなこ》と申します。実は景山さんの忘れものがあったので、届けに来たんですけど……』

　モニター前に差し出されたのは見覚えのあるハンカチだった。確かにそれは先日聡海が洗ってアイロンをかけたものに間違いない。

　隆仁の持ちものを聡海の知らない第三者が持っているというのが、ひどく不快に思えてしまった。

事情を知りたい自分と知りたくない自分がいる。

出たくないと思った。ドアを開け、彼女と対峙《たいじ》するのは嫌だと。

だが言葉を交わしてしまった以上は無視もできない。そもそも明かりが点いていることが外からでもわかる以上、無視するという選択肢はなかったのだが。

（ちゃんと対応しないと……）

隆仁の身内として恥ずかしいことはできない。ふっと息を吐き出してから、聡海は努めて丁寧に返した。

「お待ちください。いま開けます」

家族以外ならドアは開けないこと、と約束させられたのは子供の頃だった。たとえ宅配業者でも近所の人でも、一人のときは無視しなさいと言われていた。思えば相手にとって迷惑な話だが、とりわけ隆仁の本気度は高く、繰り返し言われて約束させられたものだから、聡海のなかにはそれが強く刻まれた。大人になったいまでも、応対のときになんとなく緊張するくらいだった。

だがいまの気分は緊張ではない。単純に開けたくないのだ。

アイロンを切って玄関へ出て行き、もう一度ドアスコープで覗いてみた。やはり女性一人だけだ。これではやはり出るしかない。もしもほかに同行者でもいて、それが男だったならば、防犯を理由に出ないという言い訳ができたかもしれないのに。

ロックを外して静かにドアを開けると、相手はわずかに目を丸くした。

「こんばんは。あの、わざわざすみません」

「いえ……弟さん？」

問われて聡海は曖昧《あいまい》に頷いた。隆仁の事情をどこまで知っているのかわからない以上、余計な情報は与えるべきでないと思った。

なにしろ聡海は彼女という存在について隆仁から聞いたことがない。その時点ですでに警戒対象たり得るのだ。

「あの、それで景……隆仁さんはご在宅ですか？」

「いえ、まだです。そろそろ帰ってくると思うんですけど」

「えー困ったたな。直帰だって言ってたから……あ、もしかして帰ってきた？」

車の音とヘッドライトに反応し、妃菜子は音のするほうを振り返った。まさしく隆仁の車が家の前に停《と》まったところだった。

いつもならパイプシャッターを開けて車を入れるところだが、隆仁はそのまま降車してまっすぐ玄関へとやってきた。

珍しく困惑しているのがわかった。表情はあまり変わらないが、長い付き合いの聡海の目はごまかせない。

「園田さん……どうなさったんですか？」

「やだ、園田さんだなんて。妃菜子で、ってお願いしたでしょう？　変えてくれないと、父と区別がつかないわ」

「ここに園田社長はいませんよ」

「そうですけど……あと、敬語もやめてください。隆仁さんは先輩なんですから」

「現在の立場というものがありますから」

隆仁は隙《すき》のない笑顔を見せ、彼女の提案をやんわりと拒否した。そこにはきっちりと引いた線が見えた。

少しほっとしてしまう。少なくとも隆仁と彼女は、そう親しい関係ではないらしい。彼女の父親と取引があるか、なんらかのビジネス上の繋がりがあるのだ。

「あの、これを届けに来たんです」

差し出されたハンカチを隆仁は笑顔のまま受け取った。

「わざわざありがとうございます。次回、会社に伺うときでよかったんですよ」

「早いほうがいいと……」

言いかけた彼女が、くしゅんと可愛らしいくしゃみをした。少し違和感を覚えたが、隆仁が帰ってきた以上はもう聡海は用なしだ。余計な口を挟むことはない。

彼女は自分の手を軽くさすった。見れば少し濡《ぬ》れている。手にしているのはバッグだけで傘は持っていなかった。

聡海の視線に気付き、妃菜子は苦笑した。

「タクシー止める場所を間違えてしまって……少し迷ったんです。急に雨が降ってきたから傘も持ってなくて」

「あー、えっとそれじゃ上がっ……」

「送っていきますよ」

隆仁は割り込むようにして言い、車のキーを揺らした。そうして視線を聡海に移し、「ちょっと行ってくるよ」と笑みを浮かべた。

「うん。あの……気を付けて」

「混んでいなければ七時までに戻る」

「わかった」

ドアは隆仁によって閉められ、あっという間に聡海と隆仁たちの空間は分けられてしまった。なにか話している声が聞こえ、間もなく人の気配が遠ざかっていく。

聡海はドアをロックし、和室に戻った。アイロンはまだ温かく、スイッチを入れたらすぐに使える状態になった。

（あれって、家に上げたくなかったってことなのかな。まさか二人きりになりたい……ってのはないか。うん、ないはず）

なかば強引に話を進めたのは、おそらく隆仁が彼女を家に上げたくなかったからだ。ここで誤解するほど聡海は隆仁の気持ちを疑ってはいない。

それでも招かれざる訪問者は聡海に漠然とした不快感を残していった。別に彼女の態度や言葉がどうこうではないのだが。

いや、不快さも多少はあった。彼女が隆仁を名前で呼んだとき、そこに含まれる甘い響きになんとも言えない感覚が広がったのだから。

味で言えば苦いような渋いようなものだ。痛みというほどではないけれども、異物を飲み込んでしまったかのような違和感もあった。

彼女が自らの気持ちを隠そうとしなかったからだろうか。

（あの人、隆仁さんのこと好きなんだ。すっごい積極的……）

彼女のあの行動力には素直に感心した。なんのためらいもなく好きな人にぶつかっていけることが、羨《うらや》ましくも感じた。

彼女自身への悪感情はないし、隆仁への不信感もない。なのに聡海の胸の内はもやもやとしたものが立ち込めている。

機械的にアイロンがけをして、終わってからも和室に座り込んでいた。隆仁が帰ってきたらすぐ夕食を食べられるようにキッチンへ行くべきだと思いながらも動く気になれなかった。

時間にして四十分くらいたった頃、隆仁の声が聞こえてきた。

はっとして立ち上がり、和室から出て行く。隆仁はもの言いたげな顔をして近づいてきた。

「ただいま。悪かったね」

「……悪いこと、したの？」

棘《とげ》のある言い方をしてしまったと、口にしてから後悔した。気まずくて、つい目を逸らしてしまった。

「聡海を一時間近くも待たせたよ」

「そっち？」

「園田さんに関しては……まぁ、そうだな。ハンカチを渡したのは失敗だったから、やっぱりこっちも謝るべきかな」

「渡したの？」

てっきり落としたものだと思っていた。一体どういう状況だったのか、聡海はじっと見つめることで問いかけた。

「彼女が水をこぼして、俺のバッグが濡れたんだよ。そのときにハンカチを出して拭いた。それで、申し訳ないからと言って強引にハンカチを持っていったんだ。洗って返すと言ってね」

「すごいなぁ……」

心からそう思った。とても聡海にはできない芸当だ。そんな状態になったとしても、聡海はその場で謝り倒して終わってしまうはずだ。

「かなり作為的なものを感じたな」

「そうなの？」

「なんとか家に上がり込もうとしていたしね」

「あー……そう言えば、あのくしゃみは……うん、ちょっとわざとらしかったかも」

あのときの違和感の正体に思い至り、大きく頷いた。だが隆仁は苦笑しながら、仕方ないものを見るような目をした。

「水をこぼしたところから、少しわざとらしかったけどね」

「えっ……」

「肉食動物にロックオンされた気分だ。やっと聡海の気持ちがわかったよ」

絶対にわかっていないだろうなと、心のなかで呟く。聡海も隆仁という肉食獣に捕食されてしまったわけだが、簡単に撥《は》ねのけられる隆仁とあっさり食われてしまった聡海では、まったく立場は違うと思うのだ。

そんなことを考えつつ、夕食の準備をした。隆仁が着替えてダイニングルームへ来るまでには十分間に合った。

予定よりも一時間ほど遅れて食卓を囲み、妃菜子についての話を聞いた。

「彼女は取引先の社長令嬢だ」

「ああ……」

そして今日、七年ぶりの再会をしたという。ただし偶然ではなかった。

彼女の父親は都内にいくつもレストランを展開している会社の社長で、隆仁のところにワインの取引をと声をかけてきたらしい。これは友人づてに隆仁の仕事を知った妃菜子が、父親に持ちかけた話だった。

「大学のときの後輩って言ってたけど」

「正しくは、顔見知りの彼女だね。当時の友人の、高校のときの同級生の彼女、だ」

「結構遠いね」

聡海で言うところの、律太の同級生の彼女ということになる。名前どころか顔もろくにわからないこと請け合いだ。

「大学も違うし、正直会うまで忘れていたよ」

「そうなんだ」

「顔もなんとなく覚えている程度だったな。女性はヘアスタイルやメイクで印象も変わるしね。実を言うと、今日初めて顔と名前が一致したんだ」

くすりと笑う隆仁に、聡海はまた少しほっとした。

だが妃菜子は覚えていたのだろう。あるいは友人を通して、噂程度に隆仁の話をずっと聞いていたのかもしれない。

「でも昔は何回か会ったんでしょ？」

「多分ね」

「え、多分？」

「その程度なんだよ。当時はろくに話したことがなかったはずだし……確か付き合ってた相手はどこかの御曹司だったはずだが……」

その記憶もすでに薄いものらしい。友人とはいまでも年に一度くらいは会うそうなので、聞けばわかるだろうが、そこまでの興味はないという。

隆仁の大学時代といえば、もう八年以上も前のことだ。当時の恋人と別れていても、なんら不思議ではなかった。当時から隆仁のことが好きだったかどうかは不明だが。

「ずっと隆仁さんのこと好きだったのかな？」

「それはないんじゃないか。ずっと気になっていた、とは言われたが……。とにかく商談の席に彼女がいたのは参ったよ」

「え、職場に子供連れて来ちゃったの？」

思わず箸《はし》を止めて、まじまじと隆仁を見つめてしまう。

「彼女は社員でもあるんだよ。エリアマネージャーっていう肩書きらしいが、実態はどうなんだろうな。社長はワンマンで、かなり娘に甘いようだし」

「ああ……」

だいたいの事情は読めてきた。隆仁としても妃菜子を邪険にはできないのだ。十数名とはいえ社員を抱える身としてそれは当然のことだ。

理解はしたし、納得もしている。まして妃菜子との関係を誤解しているわけでもないし、隆仁の誠実を疑っているわけでもない。

だがやはり、すっきりしなかった。隆仁が送っていくと言い出したとき、ほんのわずかでも動揺したことがショックだった。

自然と視線は下がっていたし、小さく溜め息がこぼれていた。

「聡海」

隆仁はわざわざ箸を置き、優しい声で聡海の名前を呼ぶ。その声に押されるように、聡海も箸を置いて顔を上げた。

「送っていったのは、家に上げたくなかったからだ」

「うん」

やはりそうかと、小さく頷く。

「こっちの事情も話す気はないしな。いや、むしろ母親のことでも聞かせれば、引いてくれるかもしれない」

「え……？」

「ろくでなしの親がいるなんて、かなりマイナスだろう？」

薄く笑う隆仁から悲壮感のようなものは微塵《みじん》も感じない。マイナスだと言いながら、彼自身はそう思っていないのだろう。

別の意味で聡海も、マイナスだとは思っていなかった。

「どうかなぁ。隆仁さんのプラス値って半端ないから、それくらいじゃたいしてポイント目減りしないかもよ？」

隆仁に欠点らしい欠点はないと聡海は信じて疑わない。恋愛に関して多少重たかったり紙一重だったりする部分も、聡海は気にしていないからだ。目が曇っているというより、幼い頃から隆仁に接していたせいで基準がおかしいのだ。

ただし趣味はよろしくないと思っているが。

「聡海が思うほどじゃないんだよ」

「そうかな」

「履歴書に載る部分に関しては、まぁそれなりだと自負してるよ。でもね、それだけじゃ無理だ。まして結婚相手となったら、親のことは無視できない」

「それって相手の親とかが、気にするかもってこと？」

「するだろう、普通」

「うーん……そうか」

姑《しゅうとめ》の人間性は確かに気になるところだろう。まして虐待の事実があるとなれば、難色を示してもおかしくはない。虐待は連鎖するものだと考えて、隆仁の人間性まで否定される可能性だってゼロではないのだ。

「でも伯母さんとはとっくに縁切ってるし、もう関わってこないんだよね？」

「それでも確実だとは思わないんじゃないかな。記載された事実だけでも、十分問題があるって思える人だしな」

母親のことを話すとき、隆仁の目からは温度というものがなくなる。憎いとか恨んでいるとか、そんな熱の籠《こ》もった思いではないのだ。どこまでも冷ややかで、無機物でも見るような目になる。

法律上でもとっくの昔に、親子の縁は切れていた。虐待の件が認められ、すでに相続に関しても無関係になれるよう届け出もしてあるのだ。

聡海は曖昧な同意だけして、片付けのためにキッチンに入った。

洗いものをしながら、ときどき顔を上げて隆仁の背中を見つめた。

いま自分がいる場所に、将来別の人が立つ日が来る。ずっとそう思いながら過ごしてきたが、たとえばそれが妃菜子である可能性はあるのだろうか。

想像は簡単にできた。それはとても、胸の奥が痛む想像だった。

溜め息を何度もつきながら食器を洗う聡海を、背中を向けたまま隆仁が気にしていることなんて、知りもしなかった。

ましてその口元が、どこか満足げに上がっていることなんて。


卒業論文の進捗状況はあまり芳しくなかった。

三年前から使っているノートパソコンは、さっきからずっと画面が黒くなったままだ。何分もただ眺めていたせいで、設定によりディスプレイが休止状態になっていた。

「おい、やらねぇなら帰れ。気が散る」

「無理だよ庸介。完全にどっかトリップしてるもん」

卒論に関係ない律太は次回提出のレポートを作成中だ。今日は律太の実家に集まり、進まないそれぞれの作業をなんとかしよう、ということになったのだ。

だが残念なことに聡海は開始二十分でこの状態だ。あの雨の日以来、聡海の心は落ち着かないまま堂々巡りをしていた。

「最近の聡海ってさ、ちょっと色気があっていい感じじゃない？」

「黙って書け」

「ごめん無理。集中力切れた」

律太は大きく伸びをして、ごろんと床に転がった。彼の部屋は六畳だが、よく片付けられていて十分なスペースがある。いつもこんな状態だと本人は胸を張っていた。

三人中二人が作業をやめてしまったことで、庸介も一息つくかと肩をまわした。小さくコキッと関節が鳴った。

「でさ、聡海はどうしたの？　お兄ちゃん絡み？」

「だろうな。こいつの悩みは八割方そうだし」

「マジでブラコンな。あ、違った本当は従兄弟だっけ。おーい聡海ちゃーん。お話しましょ？」

起き上がった律太が頬を突いて、ようやく聡海の焦点が結ばれた。いままではどこか遠くを見たままだったのだ。

大きな目を何度か瞬《しばた》かせ、聡海は問うように律太を見た。

「お兄ちゃんとケンカでもした？」

「してないよ。するわけないじゃん。っていうか、ケンカにならないし」

聡海は基本的に従順で、きついことも言わないタイプだし、隆仁は一部分を除いて聡海の言動には寛容だ。言い争いをしたこともなければ声を荒らげたこともない。せいぜい聡海が拗《す》ねたり、隆仁が笑顔を張り付かせたままお仕置きモードに入ったりする程度だ。それだって乱暴なことは絶対にしない。

そのあたりを言える部分だけ言うと、さもありなんと律太は頷いた。

会話が切れると聡海はまた溜め息をつき、テーブルに突っ伏した。作業するために持ち込んだローテーブルは、三台のノートパソコンが載っているせいでもうほとんど隙間はなかった。額がちょこんと乗るスペースはあったが。

「ケンカはしなくてもさー、ぎくしゃくすることくらいあるでしょ？　バイト禁止令とか、それなりに材料はあるんだし」

「そのへんは別に、どうでもいいんだけど……」

「いいんだ。ひょっとして聡海ってさー、反抗期とかなかったクチ？」

問いかけは庸介にも向けられていた。

「ずっとこんな感じだぞ。別にいい子ちゃんってわけでもないんだけどな」

「わかる。ま、いっか……って感じだよね。主張とか意見はあっても、人とぶつかってまで通す気はないっていうか、するっと通り抜けられたらラッキー、みたいな」

「そんな感じだな。ふわふわ生きてるから、誰かがしっかりつかんでないとヤバい」

「なるほど。それがお兄ちゃんなんだな」

本人を目の前にして二人は聡海のメンタルについて結論を出していたが、それを聞いてもどうこう言うつもりはなかった。人を風船のように言うのはどうかと思うものの、だいたい合っていると納得もしたからだ。

聡海は顔を伏せたまま頷き、はぁと息を漏《も》らす。

自分でも鬱陶《うっとう》しいことは自覚しているが、溜め息は止まらなかった。無意識に出るのだから止めようがない。考えまいとしても、常に隆仁とのことを考えてしまうのと同じだ。

おかげで最近眠りが浅い。抱かれた夜は泥のように眠るが、そうでない日はなかなか寝付けず、眠ってても途中で目を覚ましてしまったりする。集中できないのは寝不足のせいもあるのだろう。

「少し寝る？　ベッド使っていいよ」

「……大丈夫」

「ちょっとコーヒー淹れてくるね」

空になったカップを回収し、律太はキッチンへ行った。彼の両親は共働きで、昼間は律太一人だ。だから作業部屋に選ばれたのだ。聡海の家は律太が避けたいと言い出して断念した。よほど隆仁に会いたくないようだ。

「で？　隆仁さんがどうしたって？」

「どうってことはないんだけど……ちょっともやもやしてて」

聡海は先日のことをかいつまんで話した。もちろん自らの心情についても、誤解されないように言っておく。

不安でもないし、焦りでも怒りでもない。まして彼女に悪い感情はないのだと。

庸介は聡海の頭にぽんと手を置いた。

「ま、頑張れ」

「えーそれだけ？」

もっと親身になってくれと要求するのは、甘えすぎだとわかっている。だが聞いてくれるのは庸介しかいないのだ。

「隆仁さんがなにも言わないのに、俺が余計なこと言うわけにいかねぇだろ。後でなに言われるかわかったもんじゃねぇし」

「それって、隆仁さんがわかってて放っておいてるってこと?」

「だろうな」

「……放置プレイか。新しい性癖に目覚めちゃったのかな」

「おい」

撫でていた手が今度は軽く小突いてきたが、聡海の口は止まらない。溜め込んだものを吐き出してしまいたくなっていた。

「だって、あの人って基本かまい倒す系だし。ずーっとそうなんだよ。いつまでたっても僕に飽きないんだ」

「のろけならよそでやれ」

「違うよ。相談だし、本当のこと言ってるだけだし」

「はいはい」

顔を上げて庸介を見ると、彼は珍しくも真剣に聞く姿勢だった。それだけ聡海の様子にいつもとは違うものを感じたのだろう。

やはり庸介は面倒見がいい。口では文句を言ったりもするし、それはポーズでもなんでもないのだろうが、聡海を放ってはおけないのだ。

「なんで飽きないんだと思う?」

「なんでと言われてもな」

「自分で言うのもなんだけど、僕ってそんな魅力はないと思うんだよね。見た目はね、まぁまぁだと思う。けど別に、このレベルならごろごろいるよね？」

「ごろごろはいねぇけど、まぁとんでもない美貌ってわけじゃねぇな」

冷静な意見に聡海は大きく頷く。

誰もが振り向くような、あるいは目を奪われるような、そんな容姿ではない。世界で一番好きな顔だと律太が言うのも、単に彼の好みがそうだというだけだし、飼い犬に似ているからだし、半分は冗談みたいなものだろう。

そもそも見た目だけで何年も恋人の心をつかんではおけまい。見た目で釣れるのは最初のうちだけだ。

「僕は毎日見ても、隆仁さんの顔に飽きないけどね」

「やっぱのろけかよ」

「違うって。ただの事実。だってあの顔だよ？　律太じゃないけど、世界で一番好きな顔だもん。今朝だって起き抜けに見て、ドキドキしちゃったよ。しかも隆仁さんの場合は誰もが目を奪われちゃうレベルだし」

力説すると、庸介も否定はしなかった。客観的な目と一般的な美醜の感覚からしても、異論はないのだろう。

「話逸れちゃったけど、つまり見た目は関係ないってことだと思う。でも中身もたいしたことないわけじゃん？」

「自虐に走るなよ。別に性格は悪くねぇだろ」

「悪くはないかもしれないけど、いいってほどでもなくない？　対人スキル低いし、気の利いたことも言えないし。あと自分でも、ぼやっとした性格だと思うんだよね。よく通信簿に、積極性が足りないみたいなこと書かれてたし」

　いまだにさほど改善されてはいなかった。進学先も隆仁に提示されたなかから選んできたし、自分から友人を作りにいったこともない。先日のアルバイトは聡海にしては珍しく能動的に動いてのことだった。結局は隆仁によってやめさせられてしまったが。

「……あれ？　もしかして、隆仁さんのせいでもある？」

「いまさらかよ。確実にあれだぞ、長年かけてがんじがらめにしようとしてるぞ」

「そっかー」

　思い返してみれば確かにそう思える部分もあった。だから驚きも嫌悪もなく、すんなりと納得してしまった。

「感想がそれだけっていうとこが怖ぇんだよ。ナチュラルに受け入れすぎだろ。もうちょっと疑問覚えろよ。そこはドン引きするところだろ」

「人を足りない子みたいに……」

「いや、どっちかっていうとマインドコントロール？　あの人の都合がいい方向に刷り込みが完了してるっていうか」

確かに四歳のときから、聡海は隆仁にべったりだった。放っておけないものを感じてそうしていたのだが、隆仁のそばが心地よかったことも事実だ。当時はもちろん両親もいたのだが、母親は身体が弱くて入退院を繰り返していたし、父親も仕事が忙しかったから、愛情は向けられていたが隆仁ほど長い時間接触があったわけではなかった。

聡海の人格形成に隆仁が大きく関わっていることは間違いないだろう。もちろん基本的な性質もあるだろうが。

「もう手遅れかな？」

「……ノーコメントだ」

「つまり手遅れかぁ」

なにか言いたそうな庸介から視線を外し、聡海はうーんと小さく唸《うな》った。

そんな聡海を見る庸介は、かなり複雑そうな顔になっている。口に出さなかった彼の見解は、まだ修正は利くかもしれないが元凶たる隆仁が絶対に離れないだろうから無理、というものだった。

「流されやすいのは確かだな。でもときどき、岩にしがみついて絶対離れないってくらいの頑固さもあるだろ」

「それって長所？」

「いや、めんどくせぇ」

「ほんと正直だよね」

庸介は聡海の親友だ。必要ならば協力はするし、聡海のために時間と労力を割くことはやぶさかではない。だが基本は放置だ。言いたいことは言うが、余計な口や手を出す気はなかった。特に人の恋路には関わらないに限ると思っている。

聡海と隆仁の関係を一番把握しているのは間違いなく庸介だろう。もう十年近く客観的に彼らを見てきた。そして隆仁の人間性については、きっと聡海よりも理解している。

隆仁の腹は黒い。真っ黒だ。エゴイストで排他的で執念深く、性的嗜好《しこう》にもやや問題を抱えている。聡海にもすでに言っているが、対応を間違えればストーカーまっしぐらなタイプで、監禁くらい平然とやる男だ。聡海のスマートフォンには絶対に追跡アプリが入っていると考えているし、中身もチェックしているに違いない。

だが聡海に対する気持ちの一部だけは純白だ、と庸介は認めていた。恋人としてお奨《すす》めできる人物ではないが、聡海がすべて承知で受け入れるなら、それはそれでいいと思っている。

「おまえはグニャグニャだから、いろいろ全部飲み込めそうだよな」

「今度は軟体動物扱いっ？」

「柔軟性のあるメンタルってことだよ。褒めてんの」

「絶対けなしてると思うんだ」

「なになに楽しそう。俺も混ぜてー」

三人分のコーヒーと菓子を持ってきた律太は、まるで遊びに参加したがる子供みたいなテンションだ。

聡海のコーヒーにはたっぷりと牛乳が入っている。コーヒーも普通に飲めるが、律太の勝手なイメージだと聡海はカフェオレかココアらしい。前者はともかく、後者は甘すぎてあまり好きではない。

「それで聡海がタコって話はどうしてそうなったの？」

「タコなんて誰も言ってないし」

「精神的な柔軟性が高いって話だよ」

「ああ、そっち。うん、グニャグニャ曲がる感じだよね。絶対ポキンていかないの。お兄ちゃんもメンタル強そうだけどタイプは違うよね」

「ええー……それはどうかなぁ。ああ見えて隆仁さんって繊細なんだよ？」

出会った頃の彼は身も心も傷ついてボロボロだった。身体にはいまでも残っている傷痕があるのだから、心だって間違いなくそうだろう。

だが庸介は嘆息しながら緩くかぶりを振った。

「あれはスーパー繊維みたいな神経持ってるぞ。鉄より強いんだぜあれ」

「でも……」

「事情は知ってるよ。けど、おまえが思うみたいに引きずってはねぇよ。母親本人にはいろいろ思うところあるみたいだし、攻撃的でもあるけどさ」

庸介は主張する。古傷はあるが、それは痕だけだ。見れば思い出すが疼《うず》くことはない。心のよりどころ――つまり聡海を得たことで、隆仁にとって母親は過去のものになったんだ、と。

そこは間違いないだろうと思っている。隆仁は母親を憎んでも恨んでもいないと、まるで関心がないような様子でかつて言っていた。

だが母親への感情と、隆仁自身の繊細さとは、また別問題だと思うのだ。

「まぁでも、聡海がいないと死んじゃいそうだよね」

「言えてる。そういう意味では弱いよな。別に繊細ではねぇと思うけど」

さんざんな言われようだが、納得できる部分も多かったので聡海は黙っていた。聡海がいないと生きていけない、というのは本人もしばしば口にすることだ。庸介までそういう認識だと知って、むしろ少し嬉しくなってしまった。

ずずっ、とコーヒーをすすってから、律太は聡海を指さした。顔は庸介に向けられている。

「この兄弟ってさ、どっちもブラコンだけど、特にお兄ちゃんが異常じゃない？　大丈夫なの？　そのうち監禁とかしそうじゃない？」

「聡海の言動次第だな。個人的にはどうかと思うけど、聡海を傷つけたり不幸にする人じゃないし、たぶん大丈夫だろ」

「っていうかね、そろそろ兄弟愛で納得して片付けるのに限界感じてんの。いままで空気読んでスルーしてたけど、今日はぶっ込んでいきます！　覚悟はいいか」

「あ、はい」

相変わらずのテンションで高らかに宣言されて、聡海はつられるように居住まいを正した。庸介は呆れ顔で傍観している。

「聡海ってお兄ちゃんとデキてるでしょ？」

「うん」

「あっさり認めた！」

隠す気はもともとなかったのだ。自分から言うつもりもなかったが、問われたら正直に教えようとは考えていた。

律太は呆気《あっけ》にとられていたものの、すぐにいつもの様子に戻って何度も頷いた。

「だよね。うん、そうだと思ってた。だってもう、そうとしか思えないもん。いやーなんでお兄ちゃんに会ったときに気付かなかったかな俺。あんなにわかりやすかったのにな！」

一気にいろいろと納得した律太は、聡海の顔を見て、次に隆仁の顔を思い浮かべたのか、何度もうんうんと頷いた。

「思ったより遅かったよな」

「なんだよう、もっと早く教えてくれてもよかったじゃん。偏見とかないの知ってたくせにー。やーもうね、初めて会ったときのお兄ちゃんの威圧！　あれもう威圧っていうより殺気だったからね。聡海に下手な真似《まね》したら殺すって、目が言ってたからね。ひゅんって縮み上がっちゃったよ。どことは言わないけど！」

いやー怖い怖い、と笑いながら律太はまたコーヒーをすすった。弾《はず》むような口調と表情のせいで少しも怖がっているようには見えないが、それ以来白石家を避けているくらいには本気で怖がっているのだ。

「で、いつからそうなの？」

「えっと大学入る直前」

「もう三年半……以上かー。じゃあ俺が聡海に会ったときはデキたてほやほやだったのね」

「うん」

「だったらしょうがないね。お兄ちゃんに会ったときも、まだ半年だもんな。盛り上がってる時期だったんだねー」

とっさに聡海は庸介の顔を見て、一瞬目を合わせてから苦笑した。いま庸介も同じことを考えたと確信できた。

「ん？　なになに？」

「えっと……その、いまも同じなんだよね。付き合い始めだったから、ああだったわけじゃなくて、あれがデフォ」

「そうなの？」

確認するように律太は庸介を見た。それに対して庸介が大きく頷くと、感心した様子で彼はふたたび聡海に視線を向けた。

「さっきその話してたとこなんだ。隆仁さんって全然僕に飽きる気配なくてさ。予定ではとっくに飽きて捨てられてるはずだったんだけど」

「なに言ってんのこの子」

律太は滅多にしない怪訝《けげん》そうな顔をして、今度は救いを求めるように庸介を見た。だが庸介はひょいと肩をすくめるだけだ。

言葉にするならば「聞き流せ」あるいは「気にするな」といったところだ。

「どういうことか説明プリーズ」

「えーと、僕は隆仁さんのこと恋愛って意味で好きなわけじゃないんだけど、どうしてもっていう感じで付き合うことになって、それですぐ飽きられるだろうから、それまでならいいかなって思ったんだけど、今日まで続いちゃってる……感じ？」

「マジで？　え、そうなの？　いや、でも……」

戸惑う律太が視線を向けた先は当然庸介だったが、今度も庸介は無言を貫いた。

「あ、そうか。身体かも……！」

「は？」

「自分じゃよくわかんないけど、きっと僕の身体が具合いいとか相性がいいとか、そういうんじゃないかな。だから離れられないとか？」

「待って待って」

なぜかおたおたし始めた律太に、聡海はぐっと顔を寄せていく。すると、普段はその顔が大好きだと公言して憚《はばか》らない律太が、逃げるように少し後ろに下がった。

「本当なんだよ？　こないだの土曜だって夜中の三時までえっちするし、朝起きたらまたすぐ入れてくるし。平日だってそこまでじゃないけど普通に二回はするんだよ。なんか最初の頃と全然ペース変わらないんだけど。なんで飽きないのかなぁ」

「違う、そうじゃなくて！　回数とか朝からとか、言わなくていいの！　っていうか、言っちゃダメだから！　お口チャック！」

「友達同士の猥談《わいだん》じゃん」

中学でも高校でも、そして大学に入ってからも、ときどき男子学生が集まってアダルトビデオの話や彼女とのセックスについて赤裸々に話しているのを通りすがりに聞いたことがある。風俗店に行った話もあった。

聡海としては同様のノリだったが律太は違うと言い張った。

「なんかね、なんか聡海のはダメなの、無理なの！　娘のえっち体験聞いてるみたいでヤダ！　娘いないけど！」

「愛犬ミルクから娘に昇格だね」

「その感想が聡海だよねー。ほんとやめてね。余裕で想像できちゃうからマジでやめて。えーと、なんだっけ。そう、お兄ちゃんの愛が底知れないって話だよね」

「まぁ、だいたいそんな感じ」

ついセックスの話をしてしまったが、言葉でもそれ以外の行動でも、隆仁は聡海への気持ちを存分に示すのだ。好きだと、愛していると毎日言い、抱きしめてキスをして、どろどろに甘やかす。家事への感謝も口にし、手伝うこともよくあった。

「全然、終わる感じがしないんだ」

「でしょうね」

　歪な恋愛関係は、始まった頃と同じ熱量のまま続いている。もっとも熱を生み出しているのは隆仁ばかりだったが。

　ふいに庸介が大きな溜め息をついた。

「いい加減無理だって諦めろよ。あの人から聡海を取ったら、中身スッカスカだぞ。デキのいい人形が一体あるだけになるよな」

「あー、それ納得。実は依存してるのはお兄ちゃん、ってやつね。けどそれわかってんの、きっと俺たちだけだよね。当の聡海があんまりよくわかってなさそうだし」

「そういう話は僕がいないとこでするべきじゃないのかなぁ」

　さすがにスカスカはひどいだろうと思ったが、目の前の二人は納得し合っている。ふいに昔なにかで見た物語を思い出した。登場キャラクターに心が欲しいと言っていた者がいた。それがなにかは忘れてしまったが。

　依存に関しては、よくわからなかった。もしそうならば嬉しい話だ。

「でも傍から見たら、僕が一方的に依存してるよね？」

「そこは否定できないかなぁ。金銭的には実際そうなんだろ？」

「うん。やっぱり就職しよう。いろいろスキルを磨いてかなきゃ」

「……よくわかんないけど頑張って。突然なに言ってんの、って感じだけど」

たとえ律太にとっては飛躍した結論でも、聡海のなかではきちんと筋が通っているのだ。精神的な依存についての真偽はともかく、物理的な部分での依存を少しでも改善していくことは、今後の自分たちには必要と思えた。

聡海はもう子供ではない。それを目に見える形にするのが就職なのだ。

「誰かになんか言われたのか？」

「そうじゃないよ。ないけど……もうちょっとこう、改善してかなきゃダメかなって。家事が取り柄で、えっちの具合がいいだけの恋人なんてさ……」

溜め息まじりに呟いた後、聡海はまたぼんやりと思考のなかに沈んでいった。こうなるともう外の声はなかなか入ってこない。

二人の友人はそんな聡海を見つめ、それから目を合わせて大きく頷いた。

「ようするにこの子、飽きられたくないんでしょ？」

「ってことになるよな」

「自覚ないのね」

「ちょっと前まで、早く飽きないかな……くらいなことを言ってたんだぞ。いや、違うな。いつの間にか飽きられる時期を気にしだしてたか」

庸介は思い出すようにして少し黙ってから、あらためて頷いた。

だが余計なことは言わないに限る。基本は放置だぞと律太に言い含め、片付けたテーブルの上にパソコンを戻して作業を再開した。

「聡海くんは運命って信じる？」

どうしてこうなったんだろうと、あやうく遠い目をしそうになった。

よく晴れた、小春日和と言ってもいい日の午後に、しゃれたカフェで年上の美女と向かい合ってコーヒーを飲んでいる。その状況が聡海にはよくわからなかった。

いつものように買いものをして帰ろうと駅を出たら、彼女に——園田妃菜子に声をかけられたのだ。

偶然ね、と彼女は笑った。

絶対に偶然じゃないだろうなと心のなかで呟いた。とりあえず笑顔を浮かべ、頭を下げて行こうとしたのだが、気が付いたらこの席に座っていたのだ。

歩き出した聡海の隣にさりげなく並んできて、話しかけながら誘導してカフェに近づき、あれよあれよという間に入店した手管は恐ろしいの一言だった。天職はキャッチセールスではないかと本気で思った。

コーヒーの湯気の向こうに、きれいな顔がある。妃菜子の化粧は先日よりも華やかで、あのときは仕事用だったのだとわかった。

「え……っと、運命……ですか？」

「そう。男の子はそういうの笑っちゃうかな。占いとか、興味ない？」

「あんまりないです。あ、でもときどき朝のテレビで、今日の占いとかやってるのを見ると、ちょっとだけ自分の星座とか誕生月は気になりますけど」

聡海にしては上手に会話ができているほうだ。今日は調子がいいと、こっそり自画自賛した。

女性と話すのは昔から苦手だ。女性そのものは平気だが、会話となると自然体ではいられず全神経を使ってしまう。買いものをするときや事務的な会話は問題ない。プライベートでの完全フリーな話になるとダメなのだ。

「わたしもたまに見るけど、運勢いいって言われると結構嬉しくなっちゃうのよね。逆に悪いと朝からテンション下がっちゃう」

「ちょっとわかります」

「よかった。聡海くんとは話が合うね」

「そ、そうですね」

若干引きつった笑いを浮かべるものの内心では疑問符が浮かんでいた。この程度で話が合うと言えるものなのか。妙にフレンドリーな彼女の目的はなにか。

どう考えても最終目標は隆仁だ。ならば邪魔者を排除しようというのか、逆に取り込もうというのか。いまのところ後者の可能性が高いと見ている。

世間話があらかたすんだところで、妃菜子は一口コーヒーを飲んだ。ほとんど音を立てずカップを戻すと、彼女の目が先ほどまでと少し変わった。

いよいよ本題だと、聡海は身がまえる。いや、運命云々《うんぬん》を口にしたあたりから、本題はもう始まっていたのだろう。

「実はね、ちょっと前に街で偶然、隆仁さんを見かけたの」

「え、あ……そうなんですか……？」

「隆仁さんは気付いてなかったと思う。ちょっと遠かったし。でもね、一目でわかったの。久しぶりだったけど、隆仁さんのところだけパーッとスポットライトが当たってるみたいに見えて、ほかはもう全然見えなくなっちゃって」

聡海の生返事を気にすることなく妃菜子は目をきらきらと輝かせる。聡海より六つ上の二十八歳は、さっきまでは年相応の大人の女性だったのだ。それがいまは少女のように無邪気になっている。恋する乙女というものを目の当たりにし、聡海はさっきから押されっぱなしだった。

（美人だし……普通に可愛いよね）

垣間《かいまみ》見える多少の狡《ずる》さも、聡海にはそう悪いことだとは思えない。どうやら隆仁に運命を感じたらしく、少しばかり暴走気味だが、それはそれで可愛いのではないだろうか。

美人で明るそうで、隆仁の隣に並んでも見劣りすることがない上に、年まわりがいい。そして彼女は隆仁に与えられるものをいろいろ持っている。

こういう人こそが、きっと隆仁には相応しい。温かな家庭や子供だって持てるかもしれない。

とたんにずきんと胸が痛んで、無意識に手が服をつかんでいた。さほど表情は変わっていなかったはずだが、妃菜子は心配そうに顔を覗き込んできた。

「どうしたの、大丈夫？」

「大丈夫です。ちょっと朝から調子悪くて」

「やだ、ごめんなさい。無理矢理誘っちゃった。どうしよう、ああ待ってタクシー呼ぶ」

スマートフォンを握る彼女を慌てて止めて、聡海はたいしたことはないとアピールした。タクシーで帰るような距離ではないし、そもそも具合は悪くない。胸の痛みは事実としても、病気ではないのだ。心配されるとかえって追い詰められた気持ちになった。

「ほんとに大丈夫ですから。ただの寝不足だと思います」

実際はたっぷり眠ったし、朝から好調だったのだが、そういうことにした。

「本当？　でも元気ないし……」

「いつもこうですから」

聡海は作った笑顔の不自然さを自覚しながら言った。自然な笑顔にならないのは単に下手だからで、体調的に無理をしているからではない。

だが彼女は体調の問題だと受け取ってしまった。

「わかった、こうしましょう。やっぱりタクシーは呼びます。でもそれはわたしが家に帰るためよ。

確か方向は一緒だから、途中まで乗っていってね」

結局押し切られ、聡海はわずか三百メートルの距離をタクシーで帰ることになった。仮病を心配されるのがこんなに苦しいことだとは知らなかった。

車に乗っていた時間はほんの数分だった。自宅と駅の途中にあるカフェだったのだから近いのは当然だ。だがたったの数分が聡海にはとても苦痛だった。

妃菜子に非はない。聡海が勝手に、苦しくなっていただけのことだ。

「お医者さん呼ばなくて大丈夫？」

「ちょっと横になれば大丈夫ですから。本当にすみませんでした」

「いいのよ。お大事にね」

「ありがとうございました」

彼女はわざわざタクシーを待たせて聡海を玄関まで送ってくると、先日の勢いが嘘のようにそのまま帰っていった。

てっきり看病にかこつけて上がるつもりなのだとかまえていた。そんな自分が恥ずかしくなって、聡海はソファにごろりと横になった。

「シャレにならないなぁ……」

どうしていまになってと、乾いた笑いが漏れる。本当にいまさらだった。聡海は唐突に自分の気持ちに気付いてしまったのだ。

胸の痛みは、隆仁のせいだ。自分以外の人と隆仁が結ばれる可能性を考えただけで、こんなにも痛くて苦しくなっている。

聡海は自分を聡《さと》い人間だとは思っていない。恋愛経験だって乏しい、というか皆無に近い。それでもさすがにわかってしまった。

「好き……」

口にしてしまえば、想いはあっけないほど簡単に聡海のなかに落ちてきた。

自覚したのはいまだが、急に芽生えた気持ちではないだろう。いつからかはわからない。ずっと前からだったようにも思えるし、最近のようにも思えた。

本当は隆仁がいつ自分に飽きるのかと怯《おび》えていた。いつか捨てられるなら、最初から終わりを覚悟すればいいと逃げていた。

そんな自分に気付いてしまったら、もう心穏やかではいられなかった。

聡海は勢いよく立ち上がり、そのまま家を出て庸介のところへ向かう。家はそう遠くない。もともと同じ学区だったのだ。

走って木之元家へ行くと、出迎えた庸介は玄関先で目を丸くしていた。聡海の様子が普段と違うことに気付いたせいだった。

「どうしたんだ」

「あの、僕ね、わりと前から隆仁さんのことが好……」

「待て！」

手のひらで口を塞《ふさ》がれ、玄関先から家のなかへと引きずり込まれる。家には庸介の母親がいて、彼女の顔を見たら一瞬で冷静になった。

「聡海くん、久しぶりね」

「こ……こんにちは」

「上がって上がって」

「あ、ええと……」

「ちょっと出てくる」

「えー、ちょっともうー」

引き留める母親を振り切り、庸介は聡海を引っ張って近くの公園まで移動した。

日が落ちかけている時間帯とあって、いるのは小学生くらいの子供が数人だけだった。ベンチは空いていた。

少し寒いが耐えられないほどじゃない。むしろ落ち着けていいと思った。

「俺の部屋じゃ、いつ母親が来るかわかんねぇからな」

「ああ、うん」

「で？」

わかっているだろうに、庸介は真面目に聞く姿勢を見せた。放置していい場面では基本的に放置するし相手にしないが、必要ならばこうしてちゃんと話を聞いてくれるのが彼という男なのだ。

一拍置いて、あらためて聡海は言った。

「僕、隆仁さんが好きみたい」

「遅ぇよ」

溜め息まじりの即答だった。

「ってことは、庸介は知ってたんだ？」

「どう考えてもそうだろ。律太だってすぐ気付いたっつーの」

聡海は声もなく庸介を見つめた。

言ってくれれば……と思いかけ、それを望むのは間違いだと気付いた。言われたところで聡海は否定しただろう。認めたくなくて意地になっただろう。そもそも他人の恋愛だ。いままでよく話に付き合ってくれたと思った。

「そっか……」

「隆仁さんは供給過剰だから、おまえが不満感じる余地もなかったんだろうしな。あれだろ、こないだ後輩の社長令嬢が現れて、初めて焦ったんだろ」

「……たぶん」

「結果的には、よかったんじゃねぇの」

「そうなのかな。そっか……そうかも……」

嫉妬はあまりしなかったが、不安には駆られた。聡海と隆仁の世界はあまりにも狭くて、いままで第三者が関わってくることもなかったから、初めてのことにひどく戸惑ってしまった。

「あの人ね、すごくいい感じだったんだ」

「社長令嬢か？」

「うん。ちょっと攻めすぎなところはあるけど、ああいう人が恋人だったら、どこに出たって恥ずかしくないいんだろうなって思った」

「待て待て。こら、なんでそんな遠い目して言ってんだよ。なに考えてる？　つーか、むしろ考えるな。どうせ斜め上の結論しか出ねぇんだからもう考えるな！」

相変わらず容赦のない言葉だが、庸介のそれはいつだって温かだ。

自然と笑みがこぼれていた。

「庸介っていい友達だよね」

「一応ありがとうって言っとくけど、なんでいまそれなんだよ」

「思ったから」

「そうかよ。とにかく、結論は出すな。出す前に隆仁さんと話し合え。いいか、絶対だぞ。くれぐれも勝手に話を進めるなよ」

怖いくらい真剣な顔で念を押され、聡海は反射的に頷いた。

別れ際まで同じことを何度か言われ、送り出されて家に着いたときにはもう完全に日は落ちていた。

冷蔵庫にある材料で食事を作りながら、これからのことを考えてみた。

考えるなと言われたが、どうしても止まらなかった。

聡海は隆仁が好きだ。これはもう確定している。そして隆仁も聡海を愛してくれていて、それを疑うつもりは最初からない。晴れて両想いで、障害はなにもない。

なのにどうしてこんなに気持ちが弾まないのだろう。

「……隆仁さんなら、わかるかな」

帰ったら尋ねてみようと決めて、時計を見た。

すでに帰宅時間については連絡が入っている。毎日のことだ。予定が変われば随時教えてくれるから、今日は昼頃に教えてもらった時間通りに帰ってくるはずだ。

夕食の準備をすませ、風呂も沸かして隆仁を待った。音が欲しくてつけていたテレビのなかでも、ちょうど似たような場面が流れていて、思わずくすりと笑ってしまった。テレビのほうは、戻らない夫に妻が溜め息をついていたが。

「そっか。だから……」

気持ちが晴れない理由が不意にわかった。いつかああやって隆仁が帰ってこなくなるんじゃないかと、自分じゃない誰かの元に帰るようになるんじゃないかと恐れているからだ。

恋を自覚してしまえば、失うことに怯えてしまう。聡海はそんな臆病な性質だったらしい。

無意識に時計を見たとき、隆仁の帰宅を知らせる物音が玄関から聞こえてきた。

ほっと息がこぼれた。

「おかえりなさい」

いつもはしないのに、玄関まで迎えに出ていくと、隆仁は聡海の顔を見て、心配そうに表情を曇らせた。

「ただいま。なにかあったのか？」

「あったというか……うん、ちょっと話したいことがあるから、ご飯食べた後いい？　あ、お風呂も沸いてるけど」

「いい。聡海さえよければ先に聞くよ」

肩を抱かれてリビングのソファに連れていかれ、屈《かが》むように顔を覗き込まれた。顔が近くて、ドキドキしてしまう。

子供の頃から見続けてきた顔だ。美しいそれにいまだに見とれることはあるが、キスだって数え切れないほどしたし、それ以上のこともしてきた。

なのにいまさら、聡海は馬鹿みたいにときめいている。

目が合わせられなかった。

「聡海？」

「あの……いまさら、って笑わないでね」

前置きをしてから勇気を出して隆仁の目を見る。たったそれだけのことが、当たり前のようにはできなかった。

隆仁は神妙な顔をしていた。

「僕、隆仁さんのこと……好き、みたいなんだ。本当にあの、いまさらなに言ってるんだよって感じなんだけど……」

しゃべりながらも視線は徐々に落ちていった。顔を上げるときには勢いがいるのに、逆は勝手にそうなってしまうものらしい。

しばらく沈黙が落ちて、不安がじわじわと襲ってきた。

ちらりと隆仁を窺《うかが》おうとしたが、力強く抱きしめられてそれはかなわなくなった。顔は見えなくても、触れる腕から彼の喜びが伝わってくるような気がした。

「ちょっと待たせすぎだぞ」

「う、うん……でも、あの……」

いまだに残る不安をどう伝えればいいのかわからず、言葉に詰まってしまう。隆仁は聡海を少しだけ離し、問うように目を合わせてきた。

思わず視線を逸らした。とても直視できなかった。

「聡海。ちゃんと目を見てごらん」

「む、無理……ごめん、あの……このままでお願いします」

「顔が赤いね。こういう聡海も新鮮でいいな。食事は後にしよう」

スイッチが入ったらしい隆仁が聡海を脱がしにかかって、慌ててその手を押しとどめた。こんなことをしたのも初めてだった。最初に抱かれたときから聡海は一度だって隆仁を拒否したことはなかったのだ。いまのは拒否ではないが、それでも初めてのことだった。

「聞いて。今日ね、妃菜子さんに会ったんだ」

彼女の名前を出した瞬間、ぴくりと隆仁の指先が動いた。

「……それで？」

隆仁の声が低くなり、まとう空気も変わったように感じた。思わず見た顔はいつも通りに思えたし、空気は冷ややかでもなければ重くもない。なのに漠然とした圧力のようなものがあった。

　これが律太の言っていた「威圧」かと、聡海は焦りながらも納得する。自分はなにか隆仁の逆鱗に触れるようなことを言ったのかもしれない。

「あの、思ってたより、ずっと素敵な人だなって……隆仁さんのこと、好きなんだなって、すごくよくわかって……」

「なにか言われたのか？」

「特になんにも。そんなに長くは話さなかったし……ちょっと占いの話とかしたくらいで……」

　怪訝そうな顔になったのは当然だ。これだけ聞いていたら意味がわからないだろう。だがそこは重要ではないので聡海は詳しく言うつもりはなかった。

　肝心なのは自分が彼女に遠く及ばないのだと思い知ったことだ。

「つまりその、なにが言いたいかっていうと、隆仁さんは僕にはもったいないって……もちろんそんなことは前から知ってたけど、あらためてこう……」

「聡海」

「僕じゃもらうばっかりだし、堂々と恋人って言えるわけでもないし。だから本当は妃菜子さんみたいな人のほうが、いいんじゃないかなって……本当にいまさらなんだけど、まだ間に合うんじゃないかなって……」

　不安を吐露するように言葉にしてみたら、隆仁との関係を否定するようなニュアンスになっていた。

口にしてから気付き、慌てて訂正しようとしたら、先に隆仁の声が聞こえた。

「ちなみに、なにが間に合うのかな」

隆仁から怒気らしいものは感じない。むしろいつも以上に穏やかだ。なのに問いかけられるだけで聡海は身がすくみそうになった。

「なに、って……」

「まさか、俺に相手を選び直せと言ってるわけじゃないだろうね？」

「そ、そうは言ってないよ。……それは、やだし」

「そうか。嫌なんだね？」

「う、うん。でも隆仁さんが、そうしたいなら仕方な……っん」

最後までは言わせてもらえず、聡海は言葉ごと唇を塞がれた。まるで「黙れ」と恫喝されているような気がした。

滅多にないほど激しく口腔《こうこう》を貪られ、呼吸もままならなくなっていく。

失敗した。どうやら地雷を踏んだらしいと悟るが、上手《うま》く宥《なだ》める自信はなかった。そんな芸当は意識してできるものじゃない。庸介に言わせると、無意識にならよくやっているというが。

「は……ぁっ……」

解放されたときには頭がくらくらしていた。いつもと違うキスに戸惑って、呼吸が上手くできなか

ったせいだ。

ひょいと横抱きにされて、寝室へと運ばれる。ぼうっとしたなかで見た隆仁の顔はやはりきれいで、ずっと見ていたいと聡海に欲を抱かせた。

隆仁が聡海に触れるときは、いつだって丁寧で恭しさすら感じさせる。抱き上げたとき同様に、ベッドに下ろすときもそうだった。

もう一度、今度はいつもと同じ優しくも執拗《しつよう》なキスをされ、少しずつまた考える力が奪われていく。舌先が甘い毒に犯されて、それが全身にまわっていくような錯覚を起こす。

一糸まとわぬ姿をさらす頃には、聡海の官能は完全に火を点けられていた。

「ようするに……俺がしたいようにすればいい、ってことだろう？」

愛撫《あいぶ》の合間に、声が聞こえた。首から鎖骨に唇や舌を這わせ、強く吸って痕をつけていく。ちくりとした痛みは普段滅多にない刺激だ。やはり少し、気分が荒れているのかもしれない。

「あっ、ん」

乳首を吸われ、反対側のそれをきゅうっとつままれる。平らな胸に欲情する気持ちは正直よくわからないが、される側としてはどうしようもないほど気持ちよくて、自然と声が漏れてしまう。

こんなところを弄られて喘ぐほど感じてしまうなんて、男としてどうか……と思わないでもないが、聡海のなかではさほど大きな問題ではない。隆仁がそれを求めているのならばかまわないのだ。

いまも軽く嚙まれるだけで、じわんとした甘い刺激が肌を舐《な》めるように這っていった。舌先で転がされると、身もだえするほどの快感に身体の芯が熱くなった。

なにをされたって、この身体はきっと喜んでしまう。そういうふうに隆仁が変えてしまった。

「俺がいつか飽きる、って……聡海は思ってるらしいけど……」

「え……」

直接言ったことはないはずだ。さすがにそこまで空気が読めないわけじゃない。そして庸介が勝手に言うはずもない。それでも隆仁は、ずっと前からわかっていたのだ。

気持ちを自覚しない、終わりを諾々《だくだく》と待ちながら抱かれる恋人に、隆仁はどんな気持ちで愛を囁き続けたのだろう。

きっといま聡海は情けない顔で隆仁を見上げている。

「残念ながらそんな日はこないよ」

「隆……ぁっ、ああ……」

奥に指を突き立てられて、びくんと腰が跳ねた。ローションで濡れた指はぐちゅぐちゅと音を立てて聡海のなかを犯していく。

快感の拾い方は身体が覚えてしまった。指が前後に動くたびに腰が自然と揺れて、もっと欲しいと訴えてしまう。

「でも、聡海が自覚してくれたことは素直に嬉しいな。思ったより時間がかかったけどね」

「僕が隆仁さんのこと好き、って……知ってたの……?」

「もちろん。でも聡海に自分で気付いてほしかったから、ずっと待ってた。自分で言うのもなんだが、俺は気が長いんだよ。先に恋人の座をキープしたから当然と言えば当然かな」

くすりと笑って隆仁はふたたびキスの雨を降らせた。指は聡海のなかに沈めたまま、傍若無人に動きまわっている。

「俺を誰にも取られたくないって、思ってくれたんだろう?」

「……う、んっ」

「怯える聡海も可愛いね」

ちゅっ、と音を立てて唇に触れるだけのキスが落ちる。まじまじと見つめると、隆仁はひどく楽しそうに目を細めていた。

眼鏡《めがね》を外して髪を乱した姿は、ぞくっとするほど艶《つや》めいている。これを知るのは自分だけでいい、ほかの誰にも見せたくない。

「こんなこと……」

「うん?」

「ほかの人にしないで。なにしてもいいから、隆仁さんがしたいようにしていいから」

「言われなくても俺には聡海だけだよ。でも、そうだね。したいようにしていいっていう、お許しは素直に受け取ろうかな」

とんでもない約束をしてしまったことに気付かないまま、聡海はにっこりと笑う隆仁に安堵《あんど》した。

愛撫を再開されて、身を捩《よじ》り立てながら声を上げて縋り付いて、合間に言葉でも官能を高められていった。

指が増やされていくことも、聡海のなかがどうなっているかも、隆仁が耳元でいやらしく囁くのだ。

身体はもうとろとろに蕩《とろ》けていた。理性も同じように溶けている。

「聡海は可哀想《かわいそう》だな」

不思議なことを囁かれた。思考力の鈍った頭では、その意味をまともに考えることもできない。いや、これは正気のときでも無理だったかもしれない。

「意味、わかんな……っ」

「わからないなら、いいんだ。気付かないほうがいいこともあるからね」

「あぁっ」

指の動きに煽《あお》られて、身体は熱に囚《とら》われていく。もっと欲しくてたまらなくなって、なにもかもがどうでもよくなっていく。

ただ隆仁が欲しくて、それだけになる。

「入れて欲しい？」

「う、んっ……入れ、て……っ」

「いい子だ」

焦《じ》らすことはせず隆仁はすぐに身体を繋いできた。

じりじりと入り込んでくる感触に肌が粟立《あわだ》ち、それだけで自然と甘い声がこぼれた。

痛みなんて感じなかった。わずかなそれさえも聡海にとっては快楽の一部でしかなく、ぞくぞくとした甘やかな痺《しび》れに変換されていく。

最後まで入りきると、すぐに隆仁は突き上げてきた。

「あっ、あ、んっ」

深くまで突かれて、快感が全身を走り抜ける。引き出されていく感覚に鳥肌が立って、思わずぎゅっと目を閉じた。

後ろで感じるようになって、もうずいぶんとたつ。前で得る快感より格段に強いそれに慣れた身体は、隆仁の動きに合わせて自らも快楽を追っていった。

気持ちがよくて、理性なんてたちまち呑《の》まれていってしまう。

蕩けた顔で自らも腰を振り、嬌声《きょうせい》を上げていると、ふいに隆仁が動くのをやめた。

目を開けると、いつまでたっても見飽きることのない美しい顔が、真剣な表情を浮かべながら見下

ろしてきていた。

「どう、したの……？」

「聡海……もう一度、好きだって言ってくれないか」

なんて顔をしているのだろうと思った。期待と不安がない交ぜになったような、確かめずにはいられないといったような、完璧とはほど遠い男の顔をしていた。

言いようのない愛おしさが聡海のなかに満ちていく。

きっと口にしていたほど彼に余裕はなかったのだろう。待ち続けるうちに何度も不安に思うときはあったはずだ。

聡海は両腕を伸ばして隆仁の首に絡め、引き寄せるようにして抱きしめた。

「好きだよ。だから、ずっと僕のものでいて」

「ああ……」

溜め息のような、あるいは慎重に吐き出されるような返事はどこまでも甘かった。

「ん、ぁっ、ああ……んっ」

さっきまでよりもさらに存在感を増したものが、抉《えぐ》るようにしてまた動き始め、聡海は仰《の》け反《ぞ》りながら声を上げた。

弱いところを狙って穿《うが》たれ、声が切羽詰まったものになっていく。

揺さぶられて、突き上げられて、聡海は甘く泣き続けた。広い背中にしがみついて、何度も好きだと言って隆仁の名を呼んだ。

「ああっ……！」

絶頂はすぐにやってきて、意識が飛びそうになる。慣れていたはずなのに、それはいままでとは違うものだった。

耳に吹き込まれる隆仁の声が、聡海を立て続けに絶頂へと導いた。

先日のカフェの同じテーブルを、今日は三人で囲んでいる。

呼び出したのは妃菜子だった。会いたいと言ってきたのは彼女のほうで、ならば近くまで来てくれと隆仁が返したのだ。

彼女は困惑気味だった。どうして聡海が同席しているのか理解できないのだろう。当然の反応だ。普通、会いたいと伝えた男が了承してきたら、二人きりだと思うはずだ。まさかコブ付きだとは思うまい。

「先日は聡海がお世話になったそうですね。ありがとうございました。助かりましたよ」

隆仁の態度は柔らかだが、とても他人行儀だった。もともと砕けてはいなかったが、自宅前で話していたときよりもさらに距離を感じさせた。

それを感じ取ったのか、妃菜子はますます困惑している。ただ合点がいったというふうでもあった。先日の礼のために、聡海がここにいるのだと思ったのだろう。実際、その意味も少しはあった。

「いえ……あの、もう体調のほうは……？」

「大丈夫です。ご心配をおかけしてすみませんでした」

「そう、よかった。今日は顔色もいいみたい」

「おかげさまで」

むしろ艶々していると、たまたま昼頃に会った庸介に言われたばかりだった。

天気がいいからカフェまで歩いていこうという話になり、二人で連れだって歩いていたら、駅に向かっていた庸介と出くわしたのだ。

「ところで、園田社長に確認を取りましてね」

「は……？」

隆仁は唐突に本題へと突入した。前置きはもういいだろうと判断したようだ。

「お嬢さんとの個人的な関わりは取引に影響するか、という確認です。具体的には、交際をお断りした場合にはどうなりますか、と言いました」

妃菜子ははっと息を飲んで、わずかに眉を寄せた。思い当たる節があったらしい。はっきりと言われないまでも、それとなく釘《くぎ》を刺されたのだろう。

「答えは、影響しないとのことでした。社長がプライベートとビジネスを切り離していただける方でよかった。そういうわけですから、はっきり申し上げますと、わたしが貴女《あなた》の好意に応えることはありません」

きわめて義務的な言い方だった。機械的と言ってもいい。感情も温度もない、切り捨てるような口調だ。

妃菜子はぽかんとしていた。傷つく以前に、隆仁の態度に唖然《あぜん》としている。

「ちょっと、隆仁さん。もう少し言い方ってものが……」

「聡海が言えることじゃないと思うよ」

「そっ……そうだけど」

人のことをとやかく言える聡海ではない。この場にもし庸介がいたなら、「おまえが言うな」と吐いて捨てたはずだ。

聡海と隆仁が言葉を交わしているあいだに、妃菜子は我に返った。そうして不満そうに口を尖《とが》らせた。

「納得できないわ。どうして告白する前に振られるのよ。しかも弟さんの前で！」

彼女の主張はまったくもって正しい。ごもっともです、と聡海は心のなかで同意した。屈辱だろう。振られるだけでもそうなのに、第三者がいるなんて、どんな悪意だと怒っていい場面だった。

そして感情的になったせいか彼女も地が出ていた。とはいえ、猫を被っていたというほどのことでもないだろう。好きな相手とその家族の前で、普段より多少しおらしく振る舞うのは普通のことだ。むしろ聡海はいまのほうが気楽に話せそうだと思っていた。

さりげなく周囲を見まわし、こちらを注視している者がいないことに安堵する。席の位置もあるだろうが、感情的になってはいても妃菜子の声がそう大きなものにならなかったのが幸いした。

「どういうつもりなんですか？」

妃菜子は一度息を吐き出すと、声のトーンを落とした。口調も改まったものに戻っている。冷静になったということだ。

彼女の強い視線を受け止め、隆仁は浮かべていた笑みをほんの少し深くした。

「それは聡海がわたしの恋人だからですよ」

「……はい？」

「三年半になります。もちろん肉体関係込みですよ。お互いにゲイではないんですが、まぁきっと運命というやつですね」

運命というキーワードに妃菜子は目を瞠った。聡海とのカフェでの会話を思い出したらしい。

そしてこれには聡海も反応せざるを得なかった。

「ちょっ……やめてよ、まるで僕がおしゃべりな嫌なやつみたいじゃん！　っていうかなんで知ってんの？　そこまで言ってないよね？」

「聡海の行動は把握してるからね」

「それって……」

つまり聡海が知らないあいだに、いろいろと仕掛けられていたということだ。どう考えても盗聴されている。専用の機械がどこかについているのか、あるいは持ち歩いているスマートフォンに、あやしいアプリが入っているか。

衝撃の事実に唖然としていると、同じことに気付いた妃菜子も顔を引きつらせていた。

そんな空気を読まず、というよりも無視して、隆仁はにこやかに続けた。

「十八年です」

「な、なにが……？」

妃菜子は律儀に反応した。意識してそうしたわけではなく、目を見て隆仁が話しているので、反射的に問い返しただけだろうが。

微妙な空気をものともせず、隆仁は一方的に話を進めていった。

「わたしが聡海を自分のものにしようと決めてからですよ」

「え？　え、ちょっ……待って、それだと僕四歳……」

つまり出会った頃だ。あるいは出会った瞬間ということだ。

隆仁は隣に座る聡海に微笑《ほほえ》みかけ、眼鏡の奥にある切れ長の目を、甘ったるく細めた。聡海には見慣れた、だが妃菜子にとっては初めて見る表情だった。

しかし妃菜子の顔は引きつったままだ。好きな男の甘い顔を見ても、うっとりすることも頬を染めることもない。

一瞬で第三者としての立場に追いやられたのだから当然のことだった。

「初めて会ったときから聡海が欲しいと思っていたよ。恋になったのは、さすがにもう少し後だったけどね」

「そ、そう……」

聡海はほっと胸を撫で下ろした。四歳児に恋をしたと言われても、きっと聡海は隆仁のことを嫌いにはならないだろう。多少は引くが、また一つ隆仁の残念なところが増えるだけだ。

具体的な年齢を聞くのはやめた。どうせ知ったところでなにも変わらない。

強い視線を感じて妃菜子を見ると、彼女は若干据わった目でこちらを見ていた。その表情にはもう驚愕《きょうがく》はなく、かといって怒りもなかった。

「えーと……」

「ねぇ、いいの？　大丈夫なの？」

「え？」

なんのことだろうと首を傾げると、妃菜子はとても可哀想なものを見るような目をした。庸介が聡海を見るとき、たまに同じような目をするのを思い出した。

「どう考えても危……いえ、聡海くんがいいならいいのよね。人それぞれだもの。わたしには無理だけど」

妃菜子はぶつぶつと独《ひと》り言《ご》ちた。どこか逃げ腰なのは聡海の気のせいではないだろう。

そんな彼女は隆仁の視線に気付き、わずかに眉根を寄せた。そうして返した視線には、さっきまでの恋する乙女の熱っぽさは微塵もなかった。むしろ残念なものを見て哀れむような、そしてわずかに蔑むような目をしていた。

彼女の恋心はすでに冷めてしまったようだ。

「どうぞお幸せに。あ、嫌味じゃないわよ。自分でもびっくりするくらい失恋の傷がないの。あったけど一瞬だけで、もう消し飛んだみたい」

「それはよかった」

「本当にね。相手がゲイなら、仕方ないって思えるし」

「え……」

聡海が思わず声を出すと、妃菜子は「なぁに？」と問いながら視線を向けてきた。隆仁に対するよりは幾分声も表情も優しげに思えた。

彼女にとって聡海は哀れな子羊なのだ。

「あの、たぶん隆仁さんはゲイじゃないんじゃないかなーって……」

「って聡海くんは言ってますけど、女性を好きになったことあるんですか？」

「いや」

温度の低い問いかけは隆仁に向けられ、それに対して返されたのは否定だった。確かにそれだけ切り取ったら、隆仁はゲイということになる。

妃菜子は勝ち誇ったような顔で微笑んだ。

「だったらバイセクシャルとは言えないでしょ？」

彼女はすっかり冷めたコーヒーを、まるでアイスコーヒーかなにかのようにごくごくと飲み干した。喉が渇いていたらしい。

先日とは違い、少し音を立ててカップを戻してから、ふっと肩の力を抜いた。

「はー、あやうく貴重な時間とエネルギーを無駄に使うところだったわ。っていっても、二ヵ月も無駄にしちゃったけど」

妃菜子が偶然隆仁を見かけたときから数えているらしい。彼女の恋愛における時間は、とても貴重なものなのだろう。

「仕事のほうでご満足いただけるよう取りはからいますよ」

「期待してます。できれば、商談でもプライベートでもうちの店を積極的に使っていただけると嬉しいわ」

「いまからでも予約が取れるのであれば、年末にでも社員たちを連れて伺いますよ」

「ご人数とお日にちが決まったら、お知らせくださいね」

どちらも笑顔なのに、見ている聡海は寒気がした。温かいものが飲みたいと思ったが、あいにく頼んだ紅茶はすでに冷めてしまっていた。

「どうした？　追加オーダーをしようか？」

「え、ううん……」

心を読み取ったかのように、隆仁は急に視線と言葉を聡海に向ける。なぜ気付いたのかと問う気はすでになかった。

たっぷりと甘さを含んだ声と目は、第三者を食傷させるに十分だったようだ。

「それじゃ、お先に失礼」

妃菜子は一人分のコーヒー代を置いて、さっさと店を出て行ってしまった。

一瞬で蚊帳《かや》の外へと追い出された彼女の行動はむしろ当然と言える。そもそも聡海が彼女の立場だったら、とっくに逃げ出していた。

いい人だな、と素直に思った。

「なるほど、わざとだったんだね」

「なにが？」

「ドン引きさせて、穏便……かどうかはともかく、後腐れなく振ろうと思ったんでしょ。ものすごい顔引きつってたもんね。百年の恋も冷めたって感じだった」

彼女は良識のありそうな人だったから、きっと吹聴したりはしないだろう。隆仁もそう判断したからこういう手に出たのだ。

そしてゲイだと言われたことに、いっさい反論しなかったこともそうだ。

「女の人は対象外ってことにしておいたほうが、納得してもらいやすいって思ったの？　なるべく傷つけないように？」

「実際に女性を好きになったことはないから反論しなかっただけだよ」

「けど、僕以外の男を好きになったこともないよね？」

「ないね」

唯一愛した相手が同性だった場合もゲイと言うのか否《いな》か、聡海は明確な答えを持っていない。深く追求することに意味があるとも思えなかった。

窓ガラスの向こうに、妃菜子の後ろ姿が遠ざかっていくのが見える。席を立ってから彼女は一度も振り返ったりはしなかった。

「まぁまぁ穏便にすんだんじゃないかな」

「すんだけど、まさかあんなこと言い出すなんて思わなかったよ」

「一番手っ取り早いと思ったんだよ」

「捨て身すぎ」

隆仁の告白だけを聞いたら完全に危ない人だ。彼女もそう認識していた。

「嘘は一つも言ってないだろう？　それとも、さすがの聡海も引いたかな？」

「……それが、そうでもないんだよね」

自分は感覚的にどこかおかしいのかもしれない。末期だなと思いながら、別にいいかと一笑に付した。

「聡海は物好きだな」

「それは隆仁さんのほうだよ。なんで僕をそんなに好きでいてくれるの？　全然わかんないよ。どこがいいの？　飽きないの？」

長年の疑問を口にし、審判を仰ぐような気持ちで答えを待った。隆仁はふと笑って聡海を見て、それから少し遠くへと視線を投げた。

「好きなところを羅列しても、きっと聡海は納得しないだろうね。聡海が自分でダメだと思ってる部分も、俺には愛おしいだけなんだよ。飽きる飽きないの問題じゃないしね」

「どういう問題？」

「俺には欠けてる部分があって、そこには聡海が入ってる。ほかに言いようがないな。十二のときからそうなんだ」

ふと庸介の言葉を思い出し、自然と隆仁の胸のあたりを見た。

「僕がいなくなったら、空っぽになっちゃう？」

「ああ」

「そっか……だったら、ずっといなきゃね」

求められるのは嬉しい。それはもう動かしがたい事実だし、どんな隆仁でも聡海はいいと思っている。

聡海のなかには、まだ「いつか」を恐れる気持ちがあるけれど、きっとそれは誰もが多少なりとも抱えている感情だろう。

聡海らしく、深く考えることはやめてこの幸せに浸ればいい。そしてずっと好きでいてもらえるように努力していけばいい。

そう思いながら、聡海はテーブルの下で隆仁と手を繋いだ。

それが愛だと
言うならば

高校三年の冬、聡海《さとみ》は推薦入試で早々に大学入学を決めた。街のあちらこちらにクリスマスの雰囲気が漂い始めた頃《ころ》だった。

もともと成績がよかったことと、早めに受験生という立場から脱したいがための選択だったが、父親からも兄代わりの隆仁《たかひと》からも反対はされなかった。

「合格おめでとう」

隆仁に誘われて、今日は家の近くにある小さなビストロでささやかな合格祝いだ。本当は父親を交えて三人での食事だったのに、帰国が間に合わず二人だけになってしまった。

父親はいまごろはイタリアの空の下だ。仕事で三日前から日本を離れているが、電話で祝いの言葉はもらっている。帰国したら、三人であらためて食事をすることになった。

「ありがとう。なんか、庸介《ようすけ》に悪いなって感じだけどね」

親友はまだ受験生で、クリスマスも正月もないとぼやいていた。

彼の志望校は聡海と同じだが、向こうは最初から推薦枠は取れないと諦めて一般受験での合格を狙っている。もともと頭はいいのに三年生になるまであまり勉強に対して熱心ではなかったからだ。部活も委員会もやっていなかった。ただ十分な判定が出ているので、春から同じ大学へ通うことはまったく疑っていない。

乾杯は聡海がノンアルコールのカクテル、という名のジュースで、隆仁が赤ワインだ。あと二年近く待てば、同じようにきれいな赤い酒を飲むことができる。

早く大人になりたいと、ずっと前から思っていた。別に酒が飲みたいからではなく、少しでも隆仁に追いつきたいからだ。

年齢差が埋まることはない。それは当たり前の話だが、同じ年の差ならば高校生と社会人よりは社会人同士のほうが差は小さいはずだ。互いに歳《とし》を重ねれば重ねるだけ、八歳という年齢差は小さく感じるようになるだろう。

「実感ないなぁ……」

オレンジ色のグラスを眺めながら、聡海はぽつりと呟《つぶや》いた。

「なにが？」

「春から大学生、って話」

「確かに。あんなに小さかった聡海が、もう大学生だ」

眩《まぶ》しいものでも見るように隆仁は目を細める。

いまに始まったことではなく、彼は以前からときどきそういう表情で聡海を見つめていた。いや、むしろ昔のほうが頻度が高く、最近はほとんど見なくなっていたことだった。そのことにたったいま聡海は気が付いた。

いつからだろうか。思い出そうとしても、さすがによくわからない。少なくとも五年くらいはたっていそうな気もした。

（隆仁さんが大学生になったあたり……？　うーん、もうちょっと後か……）

昔から大人びた人ではあったが、本当に成人となった頃から感情の変化があまり見えなくなったように思える。無感情になったという意味ではなく、いつでも穏やかで安定しているということだ。聡海を見る目も常に優しかった。

出会った頃の隆仁からは考えられない変わりようだ。いや、本来の彼はこうで、長い時間をかけてそれを取り戻したのかもしれない。そう思えた。

「どうした？」

「あ、うん……昔のこと、ちょっと思い出して……」

「どのくらい昔？」

静かにグラスを傾け、流れるようなしぐさでグラスをテーブルに戻す。動きの一つ一つが洗練されていた。

二十六歳になった彼は、スーツの似合う立派な大人だ。世間から見ればまだまだ若造なのだろうが、聡海にとっては十分に大人だった。

「本当に小さい頃だよ」

「初めて会ったあたりか？」

「う……その頃のことは、あんまり覚えてないんだけど……」

隆仁に初めて会ったとき、聡海は四歳だったらしい。

らしい、というのは周囲からそう聞かされているものの、聡海自身がはっきりと覚えているわけではないからだ。

こんにちは、と挨拶《あいさつ》をしたことは記憶している。対峙《たいじ》した隆仁の顔に傷があり、痛そうだなと思ったことと、自分を見る目がガラス玉のようにきれいだと思ったことも。

聡海は隆仁の事情を知らない。はっきりしているのは隆仁が従兄弟《いとこ》で、彼の母親はどこかにいるが父親とは死別している、ということだけだ。

誰にも言われていないが、さすがにこの歳になると、うっすら事情は想像できるようになった。出会ったときにあった傷の意味も、ほとんどしゃべらず表情もなかった隆仁の様子も。

「今度、俺の話を聞いてくれるか？」

「いまじゃだめなの？」

「今日は聡海の合格祝いだ。めでたい席で出すような話題じゃないんだ」

「そんなのいいよ。兄さんの気持ちは嬉《うれ》しいけどさ、合格っていったって、そんな苦労したわけじゃないし……父さんとまたやるわけだし」

めでたい席というほど大仰なものではないと、聡海は考えている。隆仁もそのあたりは同じ認識だったようで、少し考えてからわずかに顎《あご》を引いた。

「じゃあ、家に戻ってからにしようか」

「うん」

「聡海もある程度はわかってると思うから、いまさらだとは思うが……」

これには曖昧《あいまい》に笑って返事として、目の前に置かれた皿に意識を向けた。

この店のコースはプリフィクススタイルで、前菜とメインをそれぞれ数種類から選べる。聡海はシーフードのサラダ仕立てで、隆仁は盛り合わせにした。カジュアルなコースなので、この後はスープとメインで終わりだ。皿数は少ないが料理自体はボリュームがあり、十代の男子である聡海でも満足できるコースになっている。もっとも年頃の男として、聡海はそう多く食べるほうではない。至って標準的な食事量だ。

聡海のグラスが空いたのを見て、隆仁はフロアスタッフを呼んだ。

「同じものでいいかな」

「んーと、ウーロン茶で」

さっきまで飲んでいたカクテルという名のジュースは、食事をしながらだと少し甘すぎた。たまには、と思って普段は頼まないものを飲んでみたのだが、結局お茶に戻ってしまった。

「こういうとき、ワインとか飲めると格好つくよね」

「もう少しだな」

「うん。でもきっと、そんなに飲めないと思う。母さんってお酒に超弱かったし、僕は体質似てる気がするんだよね」

亡き母親はワインをほんの少し飲んだだけでも真っ赤になる人だった。聡海も家で少しはアルコールを口にしたことがあるが、母親とほとんど同じ反応だった。慣らしていけば少しは飲めるようになるかもしれないが、人並みになるのは難しそうな気がしていた。

二時間近くかけて夕食を終え、歩いてゆっくりと帰宅した。タクシーを呼ぶほどの距離でもないからだ。

今日はずいぶんと寒い日で、特に日が落ちてから気温はぐんぐん下がった。冷たい風が吹き付けてきて、聡海は首をすくめながらコートの襟を立てた。

「大丈夫か？」

「平気。すぐだし」

急いで歩けば五分ほどだ。もう少し気温が高ければ散歩がてらゆっくりと歩きたいところだが、とてもそんな気分ではなかった。自然と足は速くなっていた。

隆仁は家に着くまで話を切り出さなかった。玄関を入ってすぐに一応飲みものだけ用意し、聡海は隆仁が待つソファに座った。なんとなく横並びで、一人分のスペースを空けた。脱いだコートは椅子《いす》の背にまとめてかけた。

センターテーブルには湯気の立つマグカップが二つ。ただし飲むことはないかもしれない。話の流れによって、間を持たせるために必要かもしれないと思ったのだ。

「叔父さんや叔母さんからは、俺の母親についてなんて聞いてる……？」

ネクタイを緩めながら問われた聡海は、その手元を眺めながら首を横に振った。

「なんにも。僕も聞かなかったし。ただ伯母《おば》さんに会っても、ついていったり家に入れたりしないで、すぐ父さんたちに言うように、って言い聞かされたくらい」

よく考えずとも、それは異様なことだ。父親にとっては実の姉だというのに、絶対に家に入れてはいけないと言い渡されたのだ。どれだけ彼女を信用していないか、それだけでも十分にわかる。当時も違和感を覚えつつ、父親の常にない深刻そうな雰囲気に呑《の》まれて頷《うなず》いたものだった。伯母さんは怖い人、というインプットが成された瞬間でもあった。

実際のところ、聡海はまだ一度も伯母に会ったことはない。聡海の母親が亡くなったときも現れなかったし、家を訪ねてくることも道で声をかけられたこともなかった。

「正しい対応だな」

隆仁は苦笑をこぼした。脱いだジャケットをソファの背にかけて、そのまま身を深く沈める。

そのしぐさの一つ一つに、なんとも言えない色気が漂っていた。聡海にはきっと一生出せないだろう、大人の男の色香だ。

格好いい、と素直に思う。隆仁は聡海の憧れだし、理想だ。だが自分はどうあがいても隆仁のようになれないと悟っている。あまりにも違いすぎるせいか、あるいは聡海の性格なのか、コンプレックスを抱いたこともないのだ。

静かに視線を合わせ、隆仁はほんのわずかに笑みを浮かべた。

「もうわかってると思うが、俺は母から虐待を受けてた」

「……うん」

笑って言うことじゃないのにあえてそうしたのは、話を聞く聡海を慮《おもんぱか》ってのことだ。聡《さと》いとはいえない聡海もそれは理解していた。

普段と変わらない口振りで、表情はむしろ柔らかくして、隆仁はまるで自分のことではないように語っていった。

「主にネグレクト……育児放棄だったが、暴力もあった」

「うん。最初に会ったときもケガしてたよね」

「服で隠れるところしか殴られなかったんだが、あのときは弾《はず》みで俺が倒れて、家具で顔を打ったんだ。それで発覚したんだよ」

「そうだったんだ……」

「俺に対する愛情なんてひとかけらもない女だ。もともと俺の父親に結婚を迫るために妊娠しただけだと言っていたし、目的を果たした以上はもう邪魔なだけだとも言っていたな」

伯母が結婚相手にと選んだ相手は、天涯孤独の資産家だったらしい。親の遺産を持つ当時五十歳近い男性で、伯母の倍ほどの年齢だった。だがとても人がよく、子供ができたことを喜んで籍を入れ、隆仁のこともかなり可愛《かわい》がってくれたらしい。

だが隆仁が八歳のときに伯父《おじ》が病死して以降、伯母にとって結婚の手段でしかなかった息子は邪魔なだけの存在になったという。

育児放棄の気はもともとあったが、それでも伯父の目があるうちは離婚を恐れて最低限のことはしていた。だが彼が入院してからは隠れて暴力をふるうようになった。

半年間の闘病も虚《むな》しく伯父が亡くなり、遺産を手にして自由になってからの伯母は、子供を置いて外泊するのは当たり前、家のことはまったくせず、食事も最低限の金を置いていくのみとなった。そして気分次第の暴力も日常的になった。

伯母が隆仁を捨てずにいたのは、彼が相続した遺産のためだった。亡き父親の顧問弁護士が法定代理人になっていたので、彼の資産に手をつけられなかったのだ。

「さすがに俺を殺すことは考えなかったらしいが……いや、考えるくらいはしていたかもしれないが、実行する度胸がなかったんだろうな」

「そんな……」

「彼女に完全犯罪を考えるほどの頭はないからね」

辛辣《しんらつ》なもの言いに対して聡海がかける言葉はなかった。出会う以前の隆仁の境遇を思うと、ただ胸が苦しかった。

「どうして周囲に訴えなかったのか、って思うだろう？」

「伯母さんのため？」

そんな母親でも愛情が捨てきれなかったのだろうか。そんなふうに思って言うと、隆仁は目を細めてまた苦笑した。

「最初は、父親が悲しむと言われて黙っていた。心配ごとは病気を悪化させるんだと言われてね。父のためだった」

語る隆仁は淡々としていた。無表情に近く、声にも抑揚がない。そこに強い感情がないのか、それとも無理に抑え込んでいるだけなのか、聡海にはわからなかった。

だが聞けば聞くほどつらくなってしまい、自然と隆仁に寄り添っていた。

「父が死ぬ頃には、もう無気力になっていて……なにもかもが、どうでもよくなってたんだ」

わずか八歳の子供が、と思うと、ふつふつとした怒りが湧《わ》いてくる。

同じ歳の頃、聡海は両親と隆仁に甘やかされ、なんの不自由もなく不安や恐怖を感じることもなく幸せに暮らしていた。それは日本という国では特別なことではないのに、隆仁にはそれが与えられなかったのだ。

伯母は表面上は優しい母親を演じていた。周囲の目が節穴だったというより、彼女の演技がそれほど堂に入っていたと言ったほうがいい。ただ息子である隆仁はずっと以前から違和感を覚え、彼女に懐くことはなかった。

物心がついた頃から、隆仁は彼女に対して引いた態度だったという。そのことも虐待の発覚を遅らせた一因だったようだ。

伯母に問題行動がなかった頃から普通の子供のように甘えず、常に冷めた目をしていた隆仁は、先天的に精神的な問題を抱えていると思われていたのだ。

結局、発覚するまでの数年間で、隆仁は本当に心を閉ざしてしまったわけだった。

出会ったときの隆仁を思い出し、聡海は彼の腕に自分の腕を絡め、肩に額を押しつけた。

「兄さんは、その頃父さんのことは知らなかったの？」

「叔父がいるという話は聞いたことがあった。ただ……弁護士も含めて、父も騙《だま》されていたんだ」

「騙されてた？」

顔を上げると、隆仁は穏やかな顔で微笑《ほほえ》み、聡海の頭を撫《な》でた。気持ちがよくて目を閉じてしまいそうになるのを、なんとか押しとどめる。

じっと話の続きを待った。

「実家に戻りたくない理由があると……。母は父と会う以前に、結婚寸前までいって失敗したことがあったそうだ。そのときも妊娠を理由に籍を入れさせようとしたらしい」

聞けば胸が悪くなるような話だった。堕胎できるギリギリの時期に堕《お》ろし、流産したと偽ったそうだが、相手の親が調査をしたことでバレてしまった。相手は白石《しらいし》家との付き合いもあった家だったため、家族を巻き込んでの騒動になった。しばらくは監視の目が厳しかったものの、父親――つまり聡海にとっての祖父が亡くなったのを機に、遺産を手にした伯母は金目のものを盗《と》って家出をした。祖母の形見の宝石などだ。以後いっさいの連絡を絶っていたという。

「次のターゲットが俺の父親だったってわけだ」

「ターゲット、って……」

まるで獲物のような言い方だと困惑していると、隆仁は大きく頷いた。それで間違ってはいない、ということだった。

「資産家で天涯孤独。父は絶好の獲物だった」

以前は親や親類がいて、横槍《よこやり》を入れられた。そう考えての人選だったのだろう。だから今度は堕ろすことなく産んだし、いい妻、いい母親を演じた。

そして過去の騒動を知られまいと、白石家とは関わらないよう嘘《うそ》をついていた。親が亡くなったのを機に、弟——聡海の父親から逃げ出したのだと。その理由というのが嘘にしてもひどかった。実の弟に昔から暴力をふるわれ、ついには身体《からだ》まで求められて逃げてしまった、というのだ。だから居場所は知られたくないと、泣いて訴えたらしい。これは隆仁の父親が死に目に弁護士に語ったことだった。隆仁の父親はそれを信じていた。弁護士は鵜《う》呑《の》みにしたわけではなかったが、依頼もなしに調べる理由もなく、胸に止《とど》めるだけにしていたらしい。

「父さんがそんなことするわけないのに」

「ああ。それは弁護士もわかってる」

隆仁が十二歳のときに実態がわかり、弁護士は聡海の父親と実際に対面し、過去のことや虚言を知ったという。

虐待に気付いたのは学校の担任だった。正確には同級生の一人が隆仁のケガを見つけて担任に相談したのだ。

そうして隆仁は白石家に引き取られることになったわけだ。

聡海は四歳だったので細かいことは記憶していないが、初対面のときの隆仁の印象ははっきりと覚えている。隆仁が傷ついているのは子供心にもわかり、聡海は隆仁を放ってはおけなくなった。そばにいなくては、と思った。

そうして家にいるあいだはずっと寄り添っていた。誰になにを言われるでもなく、ただ静かにおとなしく、感情を示さない隆仁のそばにいた。

まるでアニマルセラピーを見ているようだったなと、中学に上がってしばらくたった頃、父親に笑いながら言われたものだった。

ふと思い出して隆仁に教えてみたら、隆仁は確かにと頷いた。

「まぁ、近いものはあったかな」

「否定しないんだ」

「聡海は優秀なセラピストだったよ」

ガラス玉のように無機質でなにも映さなかった瞳は、間もなくしっかりと聡海を見つめるようになった。そして握られた手を握りかえすようになり、言葉も交わし、いつの間にか同じベッドで眠るようになっていた。

白石の両親に対して心を開くようになるには時間がかかったが、やがて信頼関係を築き上げ、大学生になる頃にはほぼ現在の隆仁が出来上がっていたと言ってもいい。

聡海の両親に対して、隆仁は情もあるし信頼感も抱いている。だがそれは聡海の親だからという理由が大きかったし、情のほとんどが「恩」というもので構成されていた。

人からどう見えるかはともかく、隆仁には大きく欠けた部分があるのだ。それを埋めるものが聡海だということは、動かしようもない事実だった。

そのことをわかっているのは、いまとなっては隆仁だけだ。聡海の亡き母親はうっすらとそれを感じ取っていたようだったが、聡海も父親もわかってはいなかったのだ。


穏やかな日々は、それから一ヵ月ほど続いた。

父親が帰国して三人で仕切り直しのお祝いをし、クリスマスをあっさりと過ごした。白石家にとってクリスマスは特別なイベントではなかった。

付き合っている相手がいない隆仁は当たり前のように家で過ごしたたし、聡海も友達が受験のまっただ中にあったので出かけることもなかった。なんとなく普段よりは豪華な食卓に、小さなケーキが色を添えた。それを三人で囲むだけの、至って地味なクリスマスだった。

ちなみにケーキは甘さ控えめのものを聡海が作った。買ってきたものでは隆仁の口には甘すぎるからだ。

それから年末年始を迎えて、聡海は二人からお年玉をもらって、初詣に行った。これも歩いていける近所の神社だ。特別なことはなかった。

なんてことのない毎日を過ごして、また学校が始まったが、登校するのは主に受験が終わった者くらいなので、教室にクラスメイトの姿は少なく、ちょっとだけ寂しく感じた。

家では食卓を三人で囲みながら、春休みになったら旅行しよう、どこがいい、なにが食べたい、と笑いながら話をして——。

けれどもそれは永遠にかなわなくなってしまった。

兆候なんてなかった。少なくとも聡海にとってはそうだったし、隆仁ですら気付かなかった。もしかしたら本人は異変を一つくらいは感じ取っていたかもしれないが、多忙と過信のせいで見逃されてしまった。

父親が倒れて搬送されたことを知らされたのは、一月最後の日曜日の朝方だった。

いち早く知らせを受けた隆仁が部屋に駆け込んできて、取るものも取りあえず病院へと行くことになった。自宅から二時間近くかかる、海沿いの街にある大きな病院だった。父親はその日、同窓会があると言って、高校時代を過ごした街へ泊まりで出かけていたのだ。

意味がわからなかった。父親が意識不明だなんて、簡単に受け入れられるはずがない。だってまだ四十六歳だ。働き盛りで、実際よりも若く見えるほどで、疲れたなんて言葉を聞いたことがないほどに溌剌《はつらつ》としていて——。

向かう車のなかで、聡海は状況を教えられた。

父親は朝の早い段階で倒れたらしく、朝食に現れないことを心配した同級生たちが何度も電話をかけた末に、ホテル側に頼んで様子を見てもらったのだという。父親は自ら希望してシングルユースで泊まっていた。同室者がいたら一命を取り留めていたかもしれなかった。

聡海たちが病院に着いて数時間後に、父親は息を引き取った。臨終には立ち会えたが、父親の意識が戻ることはなく、言葉も交わせないままの別れになった。

わずか二年のあいだに聡海は両親を立て続けに亡くしてしまった。隆仁がいなかったら、どうなっていたかわからない。

それからのことは、あまりよく覚えていなかった。記憶はあるが、ぼんやりと霞《かすみ》がかっていて、自分のことだというのにまるで昔見た映画やドラマのようにしか感じられなかった。

伏せた目を潤ませてぼんやりとしていた聡海は、その頼りなげな容姿も手伝って、参列者の涙を誘っていたが、それすら当の本人は知らなかった。傍らにいる隆仁に言われるまま葬儀に出て、父親を見送って……。

納骨もすんで少し気持ちも落ち着いてきたある日、その人は突然現れたのだ。

葬儀にも出なかった伯母は、なぜか聡海の後見人として名乗り出た。聡海の母親には兄弟がおらず、両親——聡海にとっては祖父母——もすでに亡い。確かに普通ならば後見人として相応《ふさわ》しいだろう。だが彼女と白石家の関係は、とっくに普通のものではなくなっていた。

初めて会った伯母は、イメージとは少し違う女性だった。想像よりもずっとふくよかで、実年齢よりも老けて見えた。そのくせとても派手だった。傷んだ長い髪を明るい色で染めていて、喪中だというのに花柄が目立つ服を着て、アクセサリーをじゃらじゃらとつけていた。そのあたりはなんとなくイメージに合っていた。

甘ったるい声を紡ぎ出す赤い唇と、鼻につく香水の匂い。手を握らんばかりににじり寄ってきたときは無意識に後ずさってしまった。

彼女の毒に当てられて、聡海は困惑するばかりだったが、代わりに猛然と戦ったのが実の息子である隆仁だった。

彼は聡海をいったん自室へ下がらせると、庸介と雄介《ゆうすけ》を呼んで彼らの家に避難させた。聡海を連れていったのは庸介で、雄介は自ら志願してその場に残った。

隆仁は理路整然と伯母の非常識を責め、虚言について非難したという。白石家の人間、特に亡き父親についての妄言は許しがたいと冷たく言ったそうだが、自身の虐待については持ち出さなかったらしい。

なのに伯母は、聡海の父親への虚言についてはきれいに聞き流し、十数年ぶりに会った息子に泣いて縋《すが》ろうとした。

虐待は当時の心理状態のせいだと熱弁し、本当は愛していたのだと言った。いまでも愛しているし、幸せを願っていると泣いた。

それを隆仁は冷たく払いのけ、触れようとする手を自分に近づけさせなかった。伯母を見る目は、ぞっとするほどだったと雄介は言っていた。

泣き落としが効かないと悟ると、伯母は肉親としての権利を主張したそうだが、結局なに一つ思い通りにならないままその日は帰っていったそうだ。

聡海が伯母に会ったのは、その一度きり。しかもたった数分のことだった。そのまま庸介たちの家に泊まらせてもらい、二日後に隆仁が迎えにきたときはすべてが片付いていた。

木之元《きのもと》家の玄関に現れた隆仁は、聡海を見ると優しく微笑んだ。

「兄さん……」

「もう帰ってきて大丈夫だ。おいで」

「う……うん」

すぐにでも帰ろうとした隆仁を引き留めたのは、木之元家の長男である雄介だった。

「その後の詳細を求む。聞く権利はあるはずだ」

「まぁ、そうだな」

隆仁が了承すると、雄介はあからさまにほっとしていた。

年齢は雄介のほうが上なのに、頑張らないと隆仁を引き留められないくらいには立場が弱いらしい。

昔から優劣がはっきりしていたと、以前諦めたように笑っていたことを聡海は思い出した。

木之元家のリビングには聡海と隆仁、そして庸介と雄介がいる。木之元家の両親は後で兄弟から話を聞くということで、いまは席を外していた。

「結論から言うと、詐欺罪で訴えられたくなかったら二度と俺たちに関わるな、ということで手を引かせた」

「はぁ……？」

素っ頓狂な声が聞こえたのも仕方ない。どこから詐欺が出てきたのかと疑問符が浮かんだのは聡海だけではなかった。

隆仁は顔色一つ変えず、実は何年も前から準備していたことだと言った。

「叔父さんと相談して、いざというときのためにね。あの人がどういう形でまた接触してくるか、わかったものじゃなかったから」

それで数年前から調査会社を雇って伯母の身辺を調べさせていたらしい。すると現在付き合っている男に唆《そそのか》されたのか、それとも進んでなのかは知らないが、非常に胡散臭《うさんくさ》い儲《もう》け話で金を集めていることがわかった。その件がまだ破綻しておらず、かつ被害者に実害が出ていないので騒ぎになっていないが、それも時間の問題だろうということだった。

「つまり、そのうち被害届が出そうってことか？」

「返金すれば間に合う段階だな」

「おとなしく返すかね」

「三択だな。すぐに返金するか、詐欺で訴えられてから返すか、集めた金を使うか隠すかしてから訴えられるか」

そう言って、隆仁は猫なで声で懐柔しようとする実母を突き放したのだという。弁護士の知恵も借り、引き下がらせることに成功したわけだ。

「いまの男の、言いなりらしくてね。後見人になろうとしたのもそいつの入れ知恵だろう」

「その男ってヤバいやつなのか？」

「ただのヒモだ。バックはついてない」

「なら、大丈夫か。ま、隆仁が問題ないって判断したなら、そうなんだろうしな」

雄介のその信頼はどこから来るのだろうか。ふとそんなことを思いつつ、聡海も自然にそう信じているのは事実だ。

肩からふっと力が抜けた。

「にしても、強烈だったよな」

「場末のバーのママみたいな感じだったな」

「昔はすっげー美人だったって、親父は言ってたけど」

兄弟はそれぞれ感想を言っていた。白石家に聡海を迎えにきたときに、言葉は交わさなかったがその姿は見ているのだ。

隆仁と伯母はあまり似ていなかった。目元が少し似ていたような気もしたが、それは言えない雰囲気が漂っていた。

とにかく悲しみを一時でも吹き飛ばしてしまうほど、伯母という人は強烈だった。隆仁がいなかったら、聡海はあの毒にやられて不利益な結果を生んでいたかもしれない。

一時間ほど木之元家で話し、徒歩でもたった五分の距離を車で帰った。それだけまだ警戒しているためだろう。

家はずいぶんと広く感じた。父親の帰りが遅く、二人しかいないときも珍しくなかったのに、妙に寒々しく、静かにも感じられた。

「久しぶりに会って、大丈夫だった？」

「なんとも思ってないって言っただろう」

「そうだけど……」

「とっくに、どうでもいい存在だ。さすがに今回は腹が立ったけどね。あそこまで面《つら》の皮が厚いと、いっそ感心するよ」

どうやら母親としての愛を何度も語られたらしく、非常に気持ちが悪かったらしい。

じっと顔を見ながら耳を傾けていた聡海は、本当に心が揺れていないようだと判断し、安堵《あんど》の息をついた。無理をしていないならば、それでよかった。

　もともと聡海は伯母に対していい印象は持っていなかったが、今回でそれは地に落ちたと言ってもいい。実の弟が亡くなったというのに、悲しむどころか絶好の機会だとしか思わなかったようだ。口では聡海を慰めるようなことを言っていたが、上辺だけだということがひしひしと伝わってきてひどく不快だった。

「俺の母が、申し訳なかった」

「兄さんのせいじゃないし……どっちかっていうと、僕がお礼言わなきゃだよね。ありがとう。兄さんがいてくれなかったら、どうしていいかわかんなかったよ」

　伯母のことだけではない。急に父親を亡くし、聡海は途方に暮れていた。もし一人だったら、悲しみに打ちひしがれて、喪失感に茫然《ぼうぜん》とするばかりだったような気がする。

「俺がいるよ」

「うん」

　抱きしめられて、安心感に目を閉じた。

　出会ってすぐの頃、小さな身体で寄り添ってくる聡海を隆仁はただそばに置くだけだった。どうしていいかわからなかったのだろう。自分よりも小さな子供を拒絶することも、かといって親しげに接することもできず、ただぴったりとくっつく聡海を放っておいた。やがて恐る恐る手を伸ばして触れてきて、それから手を繋《つな》いで、気が付いたら抱きしめられることが多くなっていた。

この腕の温かさは誰よりも知っている。もう十何年も、ずっとこうしてきたのだ。

「これからも、ずっとだ。聡海はなにも心配しなくていい。一生俺が守るよ」

耳元で囁《ささや》かれた言葉が、ゆっくりと聡海のなかに入ってくる。うっとりとそれを聞いていた聡海だったが、ふと我に返って目を開けた。

（……一生……？）

実際には従兄弟同士だが、聡海と隆仁は紛れもなく家族だ。だが将来的に隆仁が結婚して家庭を持ったら、一番はそちらになるだろう。それでも兄弟としての縁は切れずに続いていくから、という意味なのだろうか。

聡海は顔を上げ、苦笑を浮かべた。

「一生は、将来の奥さんに言ってあげて」

「聡海」

「僕は、とりあえず成人するまで……あ、やっぱり社会に出るまで、お願いします」

いつもの優しい笑顔で「もちろん」と返してくれることを期待した聡海だったが、隆仁からの返事はなかった。

ただじっと、なにか苦悩するように聡海の顔を見つめるばかりだ。

聡海は戸惑った。そして後悔した。図々《ずうずう》しい頼みだったのかもしれない。やはり成人するまでということに——。

「違う。違うんだよ聡海」

「な……なに、が？」

ぎゅっと強く抱きしめられ、そのままソファに倒れ込んだ。身体は聡海のほうがずっと小さいのに、まるで隆仁に縋られているようだと思った。

少しだけ苦しいが、もがいて逃げるほどではない。それよりも隆仁が心配になって、聡海はその広い背中を撫でるようにして軽く叩《たた》いた。

するとますます腕の力は強くなった。

「俺には聡海しかいない」

「え、あ……でも……」

耳元で低く聞こえてきた声に、聡海は困惑するしかなかった。

聡海しかいないから、一生だと言うのだろうか。ほかに家庭は持たず、家族は聡海だけだと言うのだろうか。

「あの、兄さんが結婚したとしても、僕にとって兄さんは……」

「愛してるんだ」

「……え？」

腕が少し緩んで、長い指が聡海の顎をすくい上げた。見つめ下ろしてくる隆仁の目は熱っぽく甘く、それでいてどこか仄暗《ほのぐら》い。獰猛《どうもう》さを感じさせるそれに聡海はわずかに怖《お》じ気《け》づいた。理屈ではなく本能的に恐れを感じた。

聡海の怯《おび》えに気付き、隆仁は逃がすまいというようにしっかりと腰を抱いた。

「気持ち悪いか……？」

腕の強さとは裏腹に隆仁の表情は不安げだった。いや、不安だからこそ過剰な力が入ってしまうのだろう。

そんな隆仁に向かって気持ち悪いなんて言えるはずがなかった。実際、聡海はそう感じなかった。戸惑いはしているが、嫌悪感はまったくない。

黙って小さくかぶりを振ると、隆仁はあからさまに安堵の色を見せた。

「よかった。聡海に拒絶されたら、もう一緒にはいられないと思ってたから」

「そ……そうなの？」

隆仁の言葉に聡海は動揺した。返答次第では、聡海を置いて隆仁が出ていってしまったかもしれないのだ。

一人になってしまう。隆仁がいなくなってしまう。それは聡海にとって恐怖でしかなかった。立て続けに親を亡くし、自覚している以上に心は弱っていた。唯一の家族となった隆仁は、そんな聡海の支えだった。

だから拒絶してはいけないのだ。すれば、置いていかれてしまう。

揺れる瞳で隆仁を見つめた。

甘く細められた目が、聡海を緩やかに絡め取っていく。優しく伸ばされた手が髪を撫で、ゆっくりと頬《ほお》へ移った。

「聡海が欲しい。兄じゃなく、恋人としてね」

「こ……恋人……」

考えたこともなかった。出会ってからずっと隆仁は聡海にとって兄で家族で、いまこうして告白されて抱きしめられても、嫌悪がない代わりにときめきもない。

けれども、その関係を隆仁が求めているのならば。受け入れることで彼が聡海のそばにいてくれるというのならば。

「俺のものになってくれる？」

拒否の言葉を返すことは、どうしてもできなかった。

「……うん」

聡海は頷いて、そのまま目を閉じる。

恋心は聡海のなかにない。そんなことは隆仁だって承知だろうが、いまはそれでいいと嬉しそうに抱きしめてきた。

聡海には隆仁の手が必要だった。少なくともいまは、彼の手がなくては立っていられない。けれどもう少し時間がたてば、手を離されてもきっと一人で立っていられるようになる。隆仁の熱が冷めて、ほかに愛する人ができる頃には、きっと。

（きっとすぐに飽きちゃうよ）

弟としてならばまだしも、恋人としての聡海が隆仁を満足させられるとは思えなかった。それほどのものを自分が持っているとは思えない。

だからこれはきっと限定的な関係だ。

秀麗な顔が近づいてきて、思わず目を閉じる。キスされることがわかっても拒絶感はなかった。

ゆっくりと重なった唇の感触は柔らかで、思いのほか心地よかった。ファーストキスの相手が隆仁になったことは複雑だが、嫌だとかショックだとかいうこともなかった。

舌が入ってきたときには驚いたが、それ以上に気持ちよくなってしまって、聡海は自然と隆仁の胸元に縋っていた。

舌先で歯の付け根を舐《な》められて、ぞくぞくとした甘い痺《しび》れが背筋を撫でていく。

次第に思考がとろりと蕩《とろ》けて、身体に力が入らなくなっていった。

「ん、ぁ……」

抱き上げられたことにも気付かず、聡海はキスに夢中になっていた。

隆仁の部屋に連れていかれ、彼の体格に合わせた大きめのベッドに下ろされる。嬲《なぶ》ると言っていいほどの激しいキスに酔いながら、慣れた手によって服を脱がされていく。

部屋は暖かく、裸にされても寒さを感じることはなかった。

ぼんやりとした頭は、それでもちくりとした痛みによって我に返る。気が付けばあらわになった胸元に隆仁が顔を埋《うず》めていた。

胸に吸い付いている兄の姿を、どこか他人ごとのように見た。音を立てて吸い、舌先を転がして、反対側のそれも指で挟んで弄《いじ》っている。

「あ……」

むず痒《がゆ》い感覚に、喉の奥から小さく声がこぼれた。

歯を立てられ、それがさっきの痛みだったのだと気付く。だが単純な苦痛ではなく、じわんと深いところにまで染みるような、経験したことのない痛みだった。

「や、待っ……ぁ、んっ」

自分の声に甘さが含まれていることに気付いて、ひどく戸惑う。痛いだけじゃないのを自覚すると、それはもう快感にしか思えなくなった。

全身を舐められて、ときどきびくっと身体が勝手に震えた。その頃にはこの行為の意味も理解していたが、聡海は抵抗しなかったし制止の言葉も吐かなかった。

恋人だと言われて、聡海はそれを受け入れた。ならばこういうことだってするだろうと思った。男同士だから、なにをどうするかまでは知らなかったけれども。

やがて下腹部を手で愛撫《あいぶ》され、聡海は声を上げて快感に酔った。自慰の経験は一応あったが、もともと聡海は淡泊で、回数自体も少なかったし探究心もなかった。触って、ある程度の快感を得て、出して終わりだった。

「あっ、ぁ……ん、あんっ」

がくがくと腰が震えて、声が止まらない。聡海のものを捉えた手は、ゆるゆると動いては先端で遊び、あるいは根元の膨らみを優しく揉《も》んでいく。

恥ずかしいとか、みっともないとか、そんなことを思う余裕もなかった。

いつの間にか手だけでなく口でも愛撫されていたが、快楽に酔った状態では意識することもできなかった。

「あ、ぁ——っ」

強く吸われて、身体はあっけなく絶頂に達した。

仰《の》け反《ぞ》ってシーツから浮いた背中がふたたび沈み、薄い胸が乱れた呼吸に上下する。それを隆仁が

欲に濡《ぬ》れた目で見つめていた。

聡海はもうなにも身に着けておらず、しどけない姿を隆仁にさらした。白い肌は上気し、細い手足が無防備に投げ出されている。

隆仁は自らも服を脱ぎ捨てると、あらためて聡海の身体に覆い被《かぶ》さった。

愛《いと》おしげに、それでいて飢えた獣が夢中で腹を満たしていくように、聡海の身体中を舐めては吸い上げて、自らの痕を残していく。

震えて跳ねる白い身体は、たちまち赤い痕でいっぱいになった。

やがて濡らした長い指は、聡海の尻のあいだをゆっくりと撫で、固く閉ざされた場所にそっと触れた。

「やっ、なに……お尻……」

俯《うつぶ》せにさせられ、腰だけを上げる格好にされて、ようやく聡海は目を開いた。

ひどい異物感に眉をひそめる。だが同時にじわりと腰に溜《た》まっていくような快感にせつなげな息がこぼれた。

「大丈夫。痛いことはしないからね」

肩ごしに見てなにをされているのか理解して、聡海は混乱のままもがいた。だがそれもつかの間のことだった。

　後ろを指で突かれるのと同時に前を愛撫され、たちまち快楽に呑み込まれていく。いつの間にか舌先でなぞられるように舐められていた。

「や、だ……ぁ……」

　そんなところは口をつけるところじゃないのに、半泣きで訴えても隆仁は聞いてくれなかった。そのうちに指を出し入れされ、心なんて無視して自然と腰は揺れていた。

　聡海の身体は恐ろしく快楽に弱かったらしい。与えられる刺激に身も心も浸食されて、やがてびくびくと震えながらもだえることしかできなくなる。

　増やされた指が動くたび、聡海の後ろは少しずつ溶けていく。用意されていたローションで前も後ろもぐしょぐしょにされて、寝室にはその淫猥《いんわい》な音と聡海のすすり泣く声だけが響くようになっていった。

「ぁあああ……！」

　二度目は内側からの刺激で強制的にいかされた。頭のなかが真っ白に塗りつぶされて、指先にすら力が入らなくなる。

　隆仁はぐったりと横たわる身体を仰向《あおむ》けにし、膝の裏に手を添えてぐいと押し上げる。胸に膝がつくほどにすると自然と腰がシーツから浮いた。

　十分に濡らして広げたそこに、隆仁が高ぶった自身を押しつける。そして聡海が正気づく前に、ゆっくりと、だが容赦なく初めての身体を開いていった。

「ひっ、やめ……あ、あっ……！」

「もう少し、だからね……」

優しい声はいつもの通りだったし、確かに痛くはなかった。だが無理に開かれる苦しさと異物感に、聡海はぼろぼろと泣いた。

宥《なだ》めるように涙を舐められ、目尻にキスが落ちる。

目を開けると、不安げな隆仁の顔があった。それを見たら、聡海はなにも言えなくなってしまった。

「大丈、夫……」

無理に笑った。そうしなくてはいけないと思った。告白を受け入れたのは自分なのだ。恋人になると言ったのだから、これはきっと当然のことだ。

また深いキスをした後、隆仁は聡海を気遣うようにそっと動き始めた。

引き抜かれていく感触に総毛立ち、ふたたび突き上げられる感触に声を上げる。未知の感覚が快楽に変わっていくのには、少しばかり時間がいった。

ゆっくりと丁寧に、少しずつ快楽の粒を拾い集めて繋げていくように、隆仁は時間をかけて聡海を感じさせた。

突き上げられて、引き出されて、快感が全身を包んでいく。

穿《うが》たれると同時に前を弄られ、なにがなんだかわからなくなった。苦痛も焼けるような熱さも、隆仁から与えられる刺激すべてが快感に変わっていくようだった。

「あっ、ぁあ……！」

追い詰められて、聡海は嬌声《きょうせい》を上げる。

いくのと同時に身体のなかで隆仁が果てて、聡海を満たしてくれた。

あれから約四年がたった。

初めてのセックスは、気持ちよさよりも戸惑いと苦痛のほうが記憶に強く残っている。一応快感もあったのに、印象として残っているのはどうしても後者なのだ。

よくわからないうちに始まり、聡海が気を失うまで続けられたセックスだった。身体のなかまで触られて、絶対に口をつけるようなところではないところまで舐められて、舌を入れられた。聡海は恥ずかしさと罪悪感で何度も泣きそうになったし、身体を開かされたときは実際に泣いてしまった。けれど、結局最後まで拒むことはできなかった。

強引に求めてきた隆仁が、その行動とは裏腹にまるで縋り付いてくるようだったからだ。

いまも基本的には変わっていない気がする。愛撫は奉仕の意味合いが強く、一度繋がったらなかなか離れたがらない。そして終わった後も聡海を離そうとはせず、眠るときは必ず腕のなかに閉じ込めるのだ。

聡海が自分の気持ちを自覚し、好きだと言葉にして、きちんと恋人になったいまでも同じだ。不安がそうさせるのではなく、きっと隆仁のやり方なのだろう。

「うーん……」

仕事へ向かう車中で、聡海は小さく唸《うな》ってから溜め息をついた。

ハンドルを握る庸介は、ちらっと横を見てまたすぐ正面に目を戻す。内心では「またなにか妙なことを言い出すな」と警戒していた。

春を迎え、聡海と庸介は無事に大学を卒業した。大学院へ進む予定だった聡海は、あれから隆仁の説得に成功し、なんとか庸介の父親が経営する清掃会社・セイソーズに就職したのだ。

説得は本当に大変だった。隆仁は基本的に聡海を自立させたくないと考えていたからだ。本当はいまもそうなのだろう。経済的にも精神的にも、自分に頼らせておきたいと思っている。

もっと簡単に言ってしまえば、聡海をがんじがらめにして四六時中手元に置いて、目を離したくないのだった。

「いろいろ気付いちゃったんだよね」

「聞きたくねぇけど、なんの話だ」

「そこで聞いてくれるとこが庸介だよね。たぶん聞いてくれなくても、僕勝手にしゃべったと思うけどさ」

「それわかってるから聞いたんだよ」

付き合いが長いだけあって庸介は聡海のことも隆仁のこともよく理解している。少し前まで聡海は隆仁のことを実はわかっていなかったのだが、ようやく気付いたのだ。

隆仁は決して完璧な男ではない。それどころか内面はかなり問題があるといっていい。聡海が絡まなければそうではないのだが。

「隆仁さんってさ、僕がいなくなったら死んじゃいそうな気がしない？」

「死ぬな。間違いない」

即答だった。迷いもなければ考えることもなく、むしろ聡海の言葉に被せ気味で肯定した。そしてなにをいまさら、という顔をした。

「だよねー。ダメになっちゃう系だよね」

「すでにダメだけどな」

「辛辣」

相変わらずの遠慮のなさに思わず笑ってしまう。だが庸介の見解は聡海よりずっと冷静で客観的なのだ。

聡海が繊細だと考えていた隆仁の一面も、庸介に言わせるとただの依存や執着になる。

「あの人には聡海しかいないからな。頼むからおまえ、あの人より長生きしろよ。そうしねぇと、下手すりゃ後追いするぞ」

「あはは。先に死ねないねぇ」

「笑いごとか。それとな、言動には気を付けろよ。ことによると監禁されるぞ」

「あー……うん、それもわかってる」

追い詰めなければ大丈夫だろうと、聡海は余裕でかまえていた。見通しが甘いわけではなく、ボーダーラインを把握できたから暢気《のんき》でいられるのだ。

　聡海は隆仁から離れる気はないし、ほかの誰かに心を移す気もない。隆仁が恐れるのはそれなので、監禁には至らないという自信があるのだ。多少の拒否くらいなら大丈夫だということもわかった。理由があれば、隆仁は理不尽に拘束しようとはしない。

「最初の頃はさ、全面受け入れじゃなきゃダメかと思ってたんだよね」

「は？　最初？」

　言外に、いつのことだと問われた。

「告白されたときだよ。なんか誘導されてたというか、隆仁さんが求めることは全部ＯＫしなきゃいけない雰囲気に持ってかれてたというかね」

「……やりそうだな」

「でしょ」

　おまけにどうやら聡海の行動は把握されている。スマートフォンには追跡アプリが入っているのだろうし、会話も盗聴されているのかもしれない。別に疚《やま》しいことはないのでクレームはつけていないが、そこだけ切り取ってみてもやはり隆仁は危ないと思う。

　運転席から、溜め息が聞こえた。

「おまえ、すごいよな」

「なにが？」

「いろいろ全部わかった上で受け入れちまってるとこ」

「それは性格じゃない？　すごいとか、すごくないとかじゃなくて」

聡海はかなり大ざっぱな性格だと自覚している。人によっては寛容だとかおおらかだとか言うが、悪く言えば鈍いということでもあった。とにかく許容範囲が広く、それは隆仁に対していかんなく発揮されているのだ。

聡海にとって重要なのは、隆仁が自分に対して常に優しく甘いか、ということだ。その前提が崩れることはないので、多少行動に問題があってもかまわないのだ。

「やっぱあれか、そういうふうに育てられたってことか。慣らされてる？」

ぶつぶつと小さな声で庸介が呟いたので、聡海の耳にその言葉は届かなかった。そして聞き返すほど聡海には興味がなく、会話はそこから続かなかった。

庸介のスタンスは相変わらずだ。隆仁の味方ではないが、二人の関係に過剰な口出しはしないのだ。

「そういや仮免まで行ったんだって？」

庸介は急にがらりと話題を変えた。信号待ちのあいだに、目の前を路上教習車が通り過ぎていったことで思い出したようだ。

「うん」

「正直、俺的にはおまえが運転するって心配しかねぇんだけど」

「しょうがないじゃん。必要だって言うし」

自動車免許証の取得は聡海の希望ではなく、会社としての要望だ。なくてもなんとかなるが、あったほうがいいからだ。

聡海の望む仕事は、やはり家事代行だ。依頼されて出向き、掃除や洗濯や料理をする。

だがこの仕事で求められる人材は主婦だ。必ずしも既婚者でなくてもいいが、とにかく女性だ。掃除のプロではなく、家事のスキルが求められているからだ。

依頼者としては女性であるということに安心もするのだろう。だからこの仕事に就く男はとても少ないし、依頼も少ない。

だから聡海も普段は庸介たちと一緒に清掃業務に就いている。そして一応、家事代行スタッフのリストにも入れてもらっているのだ。

「よし、着いた」

今日はこれから、家事代行の初仕事になっている。一緒に来た庸介は主に水まわりと部屋の掃除を求められており、そのあいだに聡海が洗濯と料理をすることになっていた。リクエストに応じて、すでに買いものもすませている。

依頼主は庸介の父親の友人宅で、庸介も子供の頃からよく知っている家だという。子供たちは独立し、妻を一年前に亡くしてから、定期的に清掃を入れていたが、今日は初めて洗濯と料理も頼んでくれたのだ。これは庸介の父親の口添えあってのことだ。長年の信頼関係があってこそ、経験が浅く男性である聡海でも了承してくれた。

最初はその方法しかないと言われている。知人やお得意様を中心にお試し感覚で仕事を入れてもらうしかないと。

そうだろうなと聡海も納得していた。ただし聡海の容姿は、プラスに働くだろうとも言われている。なにしろ男くささとは無縁だし、相手に警戒心を抱かせることもなく、子供に怖がられたことも人生で一度もない。基本的に女性受けもいい。ただしそれは恋愛対象としてではなく、たいてい「可愛い」という評価がついてのことだ。

とにかく聡海は実際に対面したり、能力を示しさえすれば、少しずつでも依頼は広がっていくはずだと言われていた。

「よし、頑張る」

庸介は清掃道具を、聡海は買ってきた食材を持って、一軒の家を訪ねた。

出迎えてくれたのは寺島《てらしま》という父親と同じくらいの男性で、なんとなく雰囲気も似ていた。そのことに少し、嬉しくなった。

庸介に紹介され、やや緊張しながら挨拶をした。

「あの、まだ慣れてないので至らないこともあるかと思います。問題点とか改善点とか、遠慮なくおっしゃってください」

「そう固くならなくていいんだよ。知り合いの小父《おじ》さんを、ちょっと手伝うくらいの気持ちでいいからね」

報酬が発生する以上、そんなことではいけないはずだが、寺島は聡海が固くなっているのを見てそう言ってくれたのだろう。

味付けなどの好みを聞いて、先に洗濯機をまわしてから調理に入った。寺島は少し出かけるといって出ていった。すでに退職している彼は、スポーツセンターで身体を動かすのが日課らしい。

「気を遣われちゃってるなぁ……」

「子供が頑張ってお手伝いしてるような感覚なんじゃねぇの？」

「や、さすがにそれはないって。ないない、子供には見えないでしょ？」

「だから感覚」

話しながらも互いに手は動かしている。聡海は食材を切っているし、庸介はソファのクッション部分を外して念入りに掃除しているところだ。

家族四人で住んでいたというこの家は一人暮らしには広すぎて、なにかと持て余し気味らしい。それでも引っ越さないのは、思い出の詰まった家から離れたくないからだそうだ。そして息子たちが戻ってくる場所を守りつつ、やがて彼らが家族を作って孫たちを連れてきてくれることを期待しているからだった。

「シンク空いたら掃除するから」

「わかった」

聡海が作るのは数日分の作り置きのおかずだ。和食が好きだと聞いているので、主菜と副菜を数種類ずつ作る予定でいる。

キッチンは広いし、コンロも三つあるし、オーブンは多機能なものが置いてある。それ以外にも卓上コンロを見つけたので、それらをフルに使って調理していった。

緊張感はいつの間にか消えてなくなっていた。


興奮気味に仕事のことを話す聡海を、隆仁はうんうんと頷きながら聞いていた。

真剣な説得に折れて聡海の希望を受け入れたものの、隆仁の本音としてはやはり自立を歓迎してはいないのだ。

聡海の世界が広がっていくことを喜べない。自分以外が聡海を必要とすることに吐き気がするほどの嫌悪を覚える。そもそも聡海が自分以外の他人のために料理を作ったり身に着けるものを洗ったりしてやることが腹立たしい。

隆仁自身、それが異常であるとわかっていた。聡海に向けるこの感情が、優しく美しいだけの愛情でないことも承知していた。

聡海を傷つけることは、どうあってもできない。代わりにがんじがらめにして窒息させることは、してしまうかもしれない。それは十二歳のときからずっと変わりがなかった。子供の頃から抱いている依存や愛情も、恋という名前をつけてから生じた欲望も、同じように隆仁のなかに存在している。ただ さすがに冷静な部分も一応はあった。聡海を怯えさせ、本当に窒息させてしまうわけにはいかない。ある程度の寛容さも必要だ。だから説得に対して折れたのだ。

「でね、なんか父さんが生きてたらきっとこんな感じかなって思って、料理作ったんだ。すごく喜んでくれて……」

聡海はいつもよりテンションが高い。よほど嬉しかったのか興奮気味で、手振り身振りを交えて報告している。

セイソーズの社員になって、まだ二週間。社長直々の努力と配慮によって、聡海は希望通りの仕事ができた。

心からは喜んでやれないが、嬉しそうに話す聡海の可愛いさに、まぁそれもいいかと思い直した。

「それと、今度から路上教習なんだ」

「何時間オーバーで卒業できるかな」

「うーん……目標二時間で」

「賭《か》けようか。俺は十時間にしようかな」

「ちょっと多くないっ？」

心外だと言わんばかりにむくれる聡海に、声を立てて笑う。これは多分に願望が入っていた。できるなら聡海には運転をして欲しくない。理由は至ってシンプルで、心配だからだ。本人はさほど車に興味がないようで、免許を取得しても車はいらないと言っているが、仕事で社用車に乗る可能性はあるのだ。

あくまで可能性だと、隆仁は説明されている。

聡海がいる営業所の所長は、隆仁とも親しい雄介だ。彼が言うには、基本的に家事代行では車を使うことはないらしい。使うとすれば道具や薬剤を使用するような仕事で、その場合に聡海が一人で出向くことはない。必ず二人以上だから、運転はほかの者がやるという。

説明が言い訳がましかったのは、隆仁の冷ややかな雰囲気に焦ったからだろう。あの兄弟はどちらも隆仁のことをよくわかっている。

（そうだ、確認をしないと）

一通り話して気がすんだ聡海がバスルームへ向かったのを見届けた隆仁は、スマートフォンを手にした。まずはメッセージで確認し、続いて電話をかける。

メッセージに対する返事の時点でかなり迷惑そうだったが隆仁は気にしなかった。

『なんだよ』

不機嫌な、それでいて警戒する声がした。聡海の上司になった雄介だ。

「聡海の派遣先に問題はないんだろうな」

『いきなりそれかよ』

「どうなんだ？」

『あるわけないだろ。聡海から聞いたんだろうが』

「聞いたが、おまえの意見も聞こうかと」

父親ほどの歳の男だからといって、安心できないではないか。言葉にそんな気持ちを含ませると、電話越しに大きな溜め息が聞こえた。

『親父の大親友だぞ。それじゃ不十分か？』

「人格者だということはわかった。趣味嗜好《しこう》に問題がなければいい」

『ないって。息子扱いして可愛がることはあっても、おまえが心配するようなことはこれっぽっちもないから！』

「ならいい」

隆仁とて本気で心配しているわけではないのだ。今後のことも考えて、雄介に慎重さを求めるために故意に言ってみただけだった。

そもそも就職を認めたのも、入りたいというのが雄介のところだったからだ。知り合いのところでなかったら、おそらく許してはいなかった。

「で、派遣先からの評価は？」

『上々。週一で頼みたいってさ。あ、これ聡海にまだ言うなよ。明日、俺が言うんだからな！』

「わかってるよ」

どうやら仕事が繋がったらしい。特にこれを意外だとは思わなかった。

聡海の料理は贔屓目《ひいき》を抜きにしても美味《うま》いのだ。もちろん料理人のようにはいかないが、家庭料理としてはかなり上のほうだろうと隆仁は思っている。

電話の向こうから、かなり深い溜め息が聞こえてきた。

『おまえさ……もうちょっと、聡海を信用してやれよ』

「なにも疑ってないが？」

一体雄介はなにを言っているのかと思った。それが声に出たのか、雄介が一瞬黙り込んで、また溜め息をつく。

『いやだっておまえ……』

「心配性なだけだ」

『あー、はいはい。そうですか』

言っても無駄だと諦めたのか、かなり投げやりな返事の後で、雄介はおやすみと吐き捨てて電話を切った。

ある意味いつもの態度だったので隆仁は微塵《みじん》も気にはしなかった。

話を終えて少したつと、聡海が風呂から出て戻ってきた。濡れた髪や上気した肌が隆仁の劣情を誘ってくる。

名実ともに恋人となったからといって、肌を合わせる頻度に特別変化はなかった。以前と比べて抱く時間が長くなったわけでも、回数が増えたわけでもない。むしろかつてのほうが執拗《しつよう》だったはずだが、充実感や満足感は最近のほうが確実に高かった。

「聡海。グラスを持ってきてくれないか」

「あ、うん」

「空でいい。聡海に試飲して欲しいものがあるんだ」

聡海がキッチンへ行こうとするのを呼び止めて言うと、彼は隆仁の足下を見て少し考えるそぶりを見せた。

「うーんと……どんなグラス？」

「ワイングラスがいいかな」

「え、ワインなんてわかんないよ？」

隆仁の会社の主力商品は輸入ワインだ。最近は少しずつ食品の取引高が伸びているとはいえ、聡海にとってワイン以外は考えつかないのだろう。当然のことだった。

隆仁は足下の袋からボトルを二本取り出してテーブルに置いた。

グラスを持ってきた聡海が隣に座り、ボトルのラベルを覗《のぞ》き込む。そうして小さく「あ」と声を出した。

「ワインじゃないんだ。へー、お茶……」

「ああ。一つは紅茶ベース。もう一つはジャスミンティーをベースにしたブレンドだ。どちらもハーブが入っていて、食事に合うように作ってある」

「ワインにしか見えないね」

ボトルもラベルも、ぱっと見はワインにしか思えないような造りだ。最近、一部で流行《はや》っているものだが、既存のものは高級品が多く、手軽に手を出せない。もちろん高いだけの理由はあるのだが、隆仁たちが開発したのはもっと価格を抑えたものだ。ペットボトルよりは高級だが、買いやすい価格帯を目指した。

聡海はボトルを手にし、裏のラベルを読んでいた。

「あ、知ってるここ」

共同開発したのは、全国に何店舗も茶葉の販売店を展開している会社・キュアリスだ。駅ビルや百貨店などでよく見かける。家にも聡海が買った茶葉が、何種類かあるはずだった。

「試飲といっても、もう発売間近なんだけどね」

「飲んでみるね」

聡海は嬉々《きき》としてアルミ製のキャップをひねり、ワイングラスに注いで目を輝かせた。色味は一つが薄い黄金色。つまり白ワインのように見える色になっていて、もう一つがロゼのようだ。

グラスを揺らして顔を近づけ、聡海は香りを確かめた。

「うん、いい香り」

「変な癖はないだろう？」

頷いて口をつけ、聡海はさらに大きく頷いた。

「味も癖ないよね。飲みやすいし、確かに食事しながらとかもよさそうだし、なんかワイン飲んでる気分になれるね」

「それも狙ってるんだよ。取引先のレストランでも扱ってもらうことになってるんだ。もちろん今月末から始める店舗でも、キュアリスでも売る」

「へぇ。すごくおしゃれだよね」

聡海はグラスを持ち上げて照明に透かして見たり揺らしたりしてから、もう一つのほうも飲んでみる。そうして小さく頷いた。

「どっちが好き？」

「んー、白のほうがお茶っぽくて好きかな。でもロゼっぽいほうも美味《おい》しいよ。ハーブティーに近くなってる感じだね。色がきれい」

「ああ、そっちはとにかく色にこだわったからね」

担当の女性社員が、そこは鼻息を荒くして主張していたので、聡海の感想を聞いたら喜ぶこと請け合いだ。

「スパークリングもおもしろそう」

「伝えておくよ」

担当社員は社長が隆仁に代替わりする前からいるベテランなので、先代の息子が喜んでいたと聞けば気合いも入ることだろう。聡海は覚えていないだろうが面識もあるはずなのだ。

感想を口にしながらブレンドティーを飲む聡海を見つめていると、視線に気付いてこちらを向いた。

そうして軽くグラスを差し出してきた。

「飲む？」

「いや」

「じゃ、しまってくるね。これ、やっぱり早く飲んだほうがいいんだよね？　時間たつと香りとか抜けちゃう？」

「どうしてもそうなるな」

「だよね」

　頷いて聡海はボトルにキャップをし、冷蔵庫にしまいにいった。キッチンカウンター越しに彼を見つめ、隆仁は足を組み替える。

　聡海との関係は良好だ。トラブルも憂いもない。できるなら、このまま平穏で満たされた日々が続いて欲しいと、心から願った。


　二軒目の派遣先が決まったのは、最初の家へ行ってから二週間後のことだった。

　依頼してきたのは寺島の長男で、数年前から都内のマンションで一人暮しをしているという。アパレル系の会社に勤めていて、店舗に立つ傍ら、カタログなどのモデルもやっているらしい。

　今回の仕事は、料理と掃除、そして洗濯だ。掃除は一般的なものでいいと言われているので、同行者はなしだった。

やや緊張しながら初めて一人で派遣先へとやってきた聡海は、マンションのエントランスに立って一度深呼吸した。

時間通りに部屋の番号を押すと、ややあって応答があった。

「はじめまして。セイソーズの白石と申します」

「どうぞ」

開いた扉から入って、十七階にある部屋へと向かう。出迎えてくれたのは先日の寺島に少しだけ目元が似ている男だった。

事前に聞いてイメージしていた通りの風貌だと思った。手足が長くてすらっとしていて、身だしなみにも相当気を遣っていそうだ。短めの髪をきちんとセットしているし、身に着けているものもブランドものだった。

メンズファッション誌から抜け出してきたような人、というのが聡海の印象だ。

「洗濯機はまわしといたけど、アイロンがけとか苦手だから、よろしく。冷蔵庫にあるものは使ってくれていいし」

「はい」

駅から三分の比較的新しいマンションは主に単身者用で、この部屋も１ＬＤＫという間取りだ。室

内は思っていたよりも散らかってはいなかった。キッチンは先日の家と比べたら狭いが調理器具はそれなりに揃《そろ》っていた。コンロは二口。ただ今回は時間が四時間あるので問題はない。

「いろいろ揃ってますね。ご自分でも料理するんですか？」

「いや、全然。同棲してた相手が出てくときに全部置いていったんだよ」

「……なるほど」

寺島進吾《しんご》という名の依頼人はキッチンの入り口で壁にもたれてこちらを見ている。仕事ぶりを見たいのだろう。

見ればキッチンの隅に、うっすらと埃《ほこり》が積もっていた。どうやら家事は同棲していた彼女に任せっきりで、別れて以来進吾はろくに掃除もしていないようだ。

「えっと、まずキッチンを掃除しますね」

「なにか手伝おうか？」

「いえ、あのどうぞテレビでも見ててください」

「そう？　じゃ、延長してもいいんでしっかり頼むね」

見学したそうな進吾をリビングへ追いやり、聡海は腕まくりをした。埃が積もったキッチンで料理はしたくないから、まずはざっときれいにしてから調理して、合間にしっかり掃除をしよう。

調理台を拭きながら調理器具や食器などを見て、かなりシンプルなものが多いのを知った。食器は無地ばかりで形もベーシック、そして色はモノトーンや寒色ばかりだ。布巾やランチョンマットなども同様だった。

（ピンクとか花柄とか、好きじゃなかったのかな）

あるいは進吾の趣味しか反映されていないのかもしれない。

あらかた拭き終わってから冷蔵庫を開けて、買ってきた食材と照らし合わせる。といっても、冷蔵庫には野菜類が少なく、代わりに冷凍食品が多かった。

野菜や肉、あるいは魚を切って、それぞれ下ごしらえをしていく。鍋もいくつか種類があったし、調味料も揃っていて、不自由はなかった。

進吾はいかにもモテそうだから、きっと作ってくれる相手に不自由していないのだろう。だから一人暮らしが長いらしいのに、料理を覚える気がないのだ。

（そういえば隆仁さんって、どれくらいできるんだろ……？）

ときどき朝食を作ることはあるが、ベーコンや卵を焼いてコーヒーを淹《い》れパンを添える、というメニューがほとんどだ。母親が生きていた頃はまったくキッチンに立たなかったし、それ以後も聡海の手伝いくらいしかしなかった。だがその気になればできるのだろう。なんでもそつなくこなすのが隆仁という男だ。

今回は肉メインでと言われているので、肉を何種類か買ってきた。味付けは濃いめが希望で、嫌いなものはセロリや紫蘇《しそ》、あるいは春菊といった香りの強い野菜だが、そもそも野菜自体がそんなに好きではないとのこと。エスニック系は苦手で和食より洋食が好き、と聞いていた。

前回より注文は多いが問題ない。そもそも進吾はたまたま実家に帰ったときに聡海の作った料理を口にし、気に入って依頼してくれたので、基本路線はいつも通りでいいのだ。

二口のコンロとグリル、そしてオーブンレンジをフル活用して、聡海は料理を完成させていく。

圧力鍋があるのは助かった。完成したタンシチューを小分けにして冷凍し、次に手羽元をハニーマスタードで味付けしたものも同じようにした。後は豚の角煮とロールキャベツ、実家のほうの寺島家でも作った八幡巻《やわたま》きと鶏《とり》の竜田揚げだ。

(ほんとに肉ばっかり)

多少は野菜も入っているものの、付け合わせ程度でしかない。依頼だからその通りにしているが、隆仁に出すならもっと野菜をふんだんに使うだろう。

一息ついて顔を上げると、視界の隅に進吾の姿があった。やはり気になるらしい。

「あの、なにか要望があれば……あ、これ味見します?」

まだ鍋にある角煮を示して問うと、進吾は黙って近づいてきた。取り出して少し切り、楊枝《ようじ》で刺してから手渡そうとしたら、なぜか聡海の手ごとつかんで自分の口へ持っていった。

呆気《あっけ》に取られたまま、聡海は角煮が進吾の口のなかに消えていくのを見ていた。

「ん、美味い」

「そ……それはよかった、です」

あっさりと手を離されたので、動揺しつつも楊枝を捨てた。

いまのはなんだったのだろうか。もしかして別れた恋人とは、いつもこんな感じだったのだろうか。どう考えてもいまのは慣れていた。

それでも隆仁の味見よりはマシだな、と密かに思う。

隆仁の場合、味見といったら聡海の指ごと口に入れるか、味見した聡海にキスをするか、だ。完全に目的は味じゃない。

思い出したら恥ずかしくなってきて、下を向きながら作業に没頭した。といっても小分けにするだけのことだ。

そんな聡海を進吾はじっと見つめていた。

「ねぇ」

「は、はいっ？」

慌てて顔を上げ、思いがけない近さにぎょっとして身を引く。どうやらパーソナルスペースが近い人らしい。

「歳、いくつ？」

「え、あ……二十二です」

「マジで？　十代だと思ってた」

「はは……」

慣れているので腹は立たないが、進吾の遠慮のなさには戸惑ってしまう。もう少し離れてくれないだろうかと思いながら、タッパーに詰め終えた角煮を冷凍庫に並べて入れた。

そのあいだも視線は感じていた。

「親父から、すげー可愛い子だったたって聞いてたんだけど、ぜってー話盛ってるだろ、って思ってたんだよね」

「そ、そうなんですか……」

「マジで可愛いのな。なんかモデルとかやってた？」

「全然っ」

とんでもないと慌てて両手を振った。とはいうものの、スカウトされたことは何度もあった。もらった名刺も実は二桁に届いている。

ただしそのうち何枚がまともな会社のものだったかは不明だ。すべて隆仁に渡したので、その後名刺がどうなったのかも知れなかった。

「そっか。あんま興味ない？　それとさ、服とかは？　興味ある？」

「あんまり詳しくはないです」

「ふーん。うちのとか、似合うと思うんだけどな」

ぶつぶつ言いながらキッチンを出ていった進吾に、ほっと息をついた。視線は職業的な意識によるものだったのかもしれない。

すぐに戻ってきた進吾は、服を数着持っていた。

「こっち向いて立って」

「え？」

「いいから」

強く言われて従うと、進吾は聡海に服を当てた。そうしてじっと見つめ、次の服に替える。

やがてすべての服を当て終えると、満足したように頷き、ブランドロゴが入ったペーパーバッグに三着のカットソーと一着のニットを入れた。

「これ、あげる」

「はい？」

「サンプルなんだよ。俺は着ないやつだから、どうぞ。いらなかったら捨ててもいいし、人にあげてもいいし」

押しつけられて思わず受け取ってしまってから、そんなことを言われた。

「でも困ります……」

「だったら帰るとき、ゴミ捨て場に捨ててって。これ仕事ね。もったいないって思えば持って帰ればいいんじゃない？」

仕事として押しつけられ、突き返すわけにいかなくなる。親切なのか不要物を押しつけられたのか、いま一つはっきりしなかった。

ひとまず服は私物のバッグと一緒に置いておき、キッチンの後片付けをすませた。それから洗濯ものを畳んで必要なものはアイロンをかけ、部屋全体の掃除をする。

そのあいだも進吾はときどき聡海の仕事ぶりを見ていた。

先日よりも緊張するのは家主がずっといてこちらを見ているせいもあるだろうし、庸介がいないせいもあるだろう。

四時間を二十分ほどオーバーしたところで、やっとすべての作業が終わった。

「えっと、ほかになにかあれば言ってください」

「んー……とりあえず、来週もよろしく」

「あ……はい！　ありがとうございます！」

仕事が次に繋がったことに、ぱあっと表情が明るくなった。一回でも十分にありがたいが、次もと言われると純粋に嬉しかった。

「今度はハンバーグがいいな、煮込みハンバーグ。それとスペアリブ」

「わかりました」

後者は作ったことがないものだが、来週までに一度家で練習すれば大丈夫だろう。

聡海は結局、土産《みやげ》まで持たされて派遣先から帰ることになった。正式な依頼は後で入れておくと言われた。

疲労感に見舞われつつ、電車を乗り継いで会社に戻る。そのあいだ、油断すると顔がにやけてしまいそうで必死になって表情を引き締めていた。

我慢して我慢して、自然と歩調は速くなった。そして営業所に入ると、待ちかまえていたように雄介が立ち上がった。

「いまさっき電話があったぞ。来週の水曜、またよろしくって……！」

「あ、はい。よかったです」

「あれ、なんか感動薄いな」

そんなことはなかった。いまだって嬉しくて、顔が笑み崩れているはずなのだ。どうやら雄介はそれ以上のリアクションを求めていたらしい。

「帰るときに直接言われたから……かな？」

努めて感情を爆発させないようにしているのだが、雄介は気付くことなく椅子に座り直そうとした。

そして座面から数センチのところで、ぴたりと動きを止める。

視線は聡海が手にしたペーパーバッグに向けられていた。

「それ……」

「あ、なんか持って帰れって言われて……」

やりとりを説明し、捨てられなかったと言うと、雄介は溜め息をつきながら頷いた。

父親同士が友人なので、進吾とも昔はよく遊んでいたりしたらしい。そして現在の勤め先も知っているから、ペーパーバッグのロゴを見てすぐにわかったという。聡海が仕事帰りに買いものをする性格でないことも含めてだ。

「なにか、気になったことは？」

「あると言えば、あるんですけど……」

「聞かせて……っ！」

鬼気迫る表情で声を張る雄介に、事務員の女性が驚いていた。

聡海に対する過保護ともいえる扱いには所内でも賛否両論だ。否といってもそれは険悪なものではなく、「もう少し信用してあげたら」とか「大人なんですから」とかいった感じの、きわめて冷静な意見なのだが。

だが雄介の過保護に意味があることを聡海は理解している。心配してくれているのも事実だが、それ以上に隆仁が怖くて必死なのだ。

促されて来客用のソファに座り、進吾とのやりとりを説明していった。パーソナルスペースが近いことや、味見で手を握られたことなどだ。

いつの間にか事務員も手を止めて聡海を凝視していた。

「手を、握る……」

雄介は呟き、事務員と顔を合わせた。すると彼女はうーん、と唸った。

「グレーです」

「そうだよな。それだけじゃな……」

「来週、どうしましょう？」

「どうしよう……」

「え、行きますよ？　予約入れちゃったんですよね？」

聡海にとっては当然のことで、そもそも悩むようなことじゃない。グレーだと言われようが、クライアントの態度に違和感を覚えようが、仕事は仕事だ。

だがそう思っているのは聡海だけだったらしい。

「いやいや、待ってくれ聡海。保留だ、ちょっと保留。あ、そうだ来週は庸介か橘川《きっかわ》くんつけよう。うん、そうしよう」

「賛成です」

女性スタッフは手を上げて、うんうんと大きく頷く。所長の提案になんら疑問を抱いていないらしいが、聡海としては同意しかねるものがあった。

「え、でもそれはいくらなんでも」

「決定。よし、研修のためって感じで橘川くんにしよう」

聡海の意志とは関係なく決められていくシフトに唖然《あぜん》としてしまう。隆仁の影響の強さをひしひしと感じ、思わず溜め息が出た。


対応も含めてちゃんと話すように、と言われて、聡海は持ち帰った服が入ったバッグを横に置いて、今日のできごとを報告した。

「それで、来週は律太《りった》と一緒に行くことになったんだ」

「……なるほど」

隆仁の機嫌はすこぶる悪いが、それは仕方ないと思っている。聡海も進吾については微妙だと思っているのだから。

確かにアパレル業界にいる人が似合いそうだと言っていただけあって、もらった服はどれも聡海の雰囲気には合っているし、好みでもあった。しかしだからといって着るつもりはなかった。隆仁が許さないだろう。

「服は律太にあげようと思ってる」

「そうだね。それがいい」

庸介の趣味ではないし、そもそも体格的に無理そうだと思い、聡海のなかでは最初から律太行きで決まっていたのだ。

しんと静まりかえったリビングは非常に居心地が悪かった。だが聡海としては、ここで雰囲気に呑まれるわけにはいかなかった。

「聡海から見て、今日のクライアントはどうなのかな？」

「……グレー」

「どの程度の？　薄いグレーなのか、濃いのか」

とても難しいことを聞くと思った。実際のところ、濃いめのグレーだとは思っているが、それを告げたら仕事に行くなと言われそうだし、逆に薄いグレーだと言えば、危機感が足りないといって責められそうな気がする。

思わず溜め息をついた。

「微妙だけど、仕事はするよ？」

「聡海」

「一人で行くわけじゃないし、もしあのお客さんがゲイとかバイでも、危ないことはないと思うんだよね」

興味を持たれているとしても、襲うような真似《まね》はしないだろう。普通の人はそうだ。口説かれることはあるかもしれないが、それは上手《うま》くかわせばいいことなのだ。

「隠しごとはしないし、ちゃんと警戒もする。雄介兄……所長も、いろいろ考えてくれてるし、みんな協力してくれるって言うし」

隣に座る隆仁に、少し近づく。じっと見つめてくるだけで頷きもしない隆仁は、聡海の言葉にまったく納得していないのだろう。

めげずにさらに言い募った。

「グレーかもしれないけど、ヤバい人じゃないよ。僕の見立てじゃ信用できないかもしれないけど、所長とか庸介もそう言ってる」

「ああ……」

「それに、ひ弱だけど僕だって男だよ？」

「わかってる。ただ心配なだけなんだ」

「うん。昔からそうだよね」

隆仁の過保護は亡き両親も苦笑するほどだった。聡海自身は慣れきっているから、最近までほとんど気にすることはなかったが。

このまま聡海が年齢を重ね、誰かに言い寄られる可能性がほとんどなくなったとしても、隆仁の態度は変わらないのかもしれない。

「お給料出たら、隆仁さんにプレゼント買いたいんだよね」

「気を遣わなくていいんだよ」

やっと少し表情が和らいだ。手を取っていわゆる「恋人繋ぎ」をしながら、聡海は甘えるように身を寄せる。

「僕が買いたいんだってば」

これは本心だったし、以前から決めていたことだ。本当はサプライズを狙っていたが、隆仁を宥めるためには仕方なかった。

以前からアルバイト代はもらっていたが、それほどの金額ではなかったこともあり、プレゼントを買うという発想には至らなかったのだ。だが初任給という言葉を意識したときは、真っ先に隆仁の顔が浮かんだ。

「楽しみにしててね」

「ああ」

髪を撫でられ、そのまま唇を寄せられる。腰にまわった手に明確に意図が込められているのを感じて、このまま今日は気絶するまでかな、と覚悟した。

隆仁の嫉妬や不安は、そのままセックスへと反映される。この四年間で身をもって知ったことだった。

だがそれも仕方ない。そういう人だとわかった上で、聡海は隆仁から離れられないのだ。

「あ……っ、ん」

服のなかに入ってきた手が、感じやすい乳首を痛いくらいに弄る。

ソファに押し倒されて、弾みでペーパーバッグが床に落ちる音がしたが、二人は気にすることなく唇を重ね、夢中になって互いを貪った。


寝不足の身体を引きずって、午後から営業所に顔を出した。

あれから一週間がたち、今日は寺島進吾邸への二度目の訪問日だった。そのせいか昨夜の隆仁は激しく、寝不足はそのせいだった。

「お兄ちゃんから、しっかり見きわめてこいって命令もらっちゃった」

語尾にハートマークでもつくんじゃないかというほど律太の声は弾んでいる。なにが楽しいのか、彼のテンションの高さがよくわからなかった。

「なんでそんなテンション？」

「いやー、人の恋路って楽しいじゃん。間男っていうか、当て馬？　みたいなのが出たって聞いたら、そりゃもう盛り上がるでしょ」

「盛り上がってるとしたら律太だけだよ」

冷めた視線を送って、聡海は溜め息をつく。あまり茶化して欲しくない、というのが正直な気持ちだ。もちろん律太にそんなつもりがないことは承知していたが。

「そうかなー大事なスパイスじゃん」

「スパイスは使い方間違えたら台無しになるけどね」

「聡海んとこは大丈夫だと思うよ」

「根拠言って、根拠」

人ごとだと思ってとても軽く言ってくれる。無責任な発言に少しムッとして言い返すが、律太の笑顔が変わることはなかった。

「根拠は聡海ちゃんの性格」

「性格？」

「うん。だってあの難しいお兄ちゃんを、どーんと受け止められる子だもん。いやマジで、すげぇ感心してんだよ？　たいていの人は逃げ出すよ。無理無理、息詰まるわ」

「うーん……」

「逃げるとか考えたことないでしょ？　というか、息苦しくないんでしょ？　そこがもうすごいって言ってんの」

　律太の見解に曖昧な返事をしているうちに、寺島進吾宅に到着した。

　進吾には事前に研修生がつく、と言ってあったので、特になにも言われず部屋に迎えられた。ドアを開けたとき、聡海の顔から爪先まで見て、ふんと鼻を鳴らしていたが、その意味がよくわからなかった。

「これ、作るもののリストです。問題ないですか？」

　プリントした紙を渡すと、進吾は一瞥《いちべつ》して頷き、紙を突き返してきた。心なしか機嫌がよくない気がしたが、笑顔のまま対応する。

「じゃ、始めますね」

　前回同様に、聡海は黙々と調理をし、律太は部屋の掃除と料理のアシスタントをした。進吾はどこか鼻白んだ様子でリビングのソファに座ったまま、おもしろくなさそうにテレビを見ていた。

「アク取ればいいの？」

「うん」

家でも母親の手伝いをするという律太は、基本的な作業は説明しなくてもわかってくれた。洗いものも絶妙なタイミングでしてくれる。

思った以上に律太の動きがよかったので、予定よりずいぶん早く仕事は終わった。そうしてなにごともなく部屋を後にした。

来週はどうなるか、この時点ではまだわからなかった。

「うーん……」

エレベーターのなかで聡海は溜め息とも唸り声ともつかないものを発し、少し凝った肩をぐるりとまわした。

「疲れた？」

「ちょっとね。まぁでも、先週ほどじゃないよ」

前回は初対面で、しかも一人だった。緊張感がまるで違った。

「そっか。うん、思ってたよりイケメンだったね」

「モテそうだよね。おしゃれだし」

さすがはアパレル業界に身を置く人だ。これから外出の予定でもあるのか、ヘアスタイルも決まっていたし、何気なく着ているふうなのにとても絵になっていた。

　ふと迎えられたときの反応を思い出し、律太を見上げた。

「最初の挨拶のとき、なんか変な反応だったの気付いた？」

「ああ、あれね」

　律太はうんうんと軽く顎を引いた。その表情からして、なにかを察しているのは間違いなさそうだった。

「なんだったんだろ？」

「こないだ服もらったでしょ」

「あ、うん」

「それ着て来てくれるの、期待してたんじゃない？」

「ああ……」

　すとんと腑《ふ》に落ち、同時に申し訳なさを感じた。だが聡海にも事情というものがある。隆仁の手前、あれを自分のものにするわけにはいかなかったのだ。話していた通り、数着の服はすべて律太にあげてしまった。

「ま、いいんじゃない？　プレゼントってわけじゃないんだしさ」

「そうなんだけどね」

「さすがに俺も着てくんのは自重したよー」

明るく笑い、律太は自らを「空気の読める男」だと胸を張った。

食材を持っていた行きと違い、帰りは手ぶらでどちらも歩調が速い。あっという間に駅に着き、すぐにやってきた電車に乗り込んだ。まだ帰宅ラッシュにはほど遠く、車内は座席がちらほらと空いていたが、二人とも座ることなくドア近くに立った。

「ところでさ、俺が思うに、あの人ってヘテロではないと思うよ」

律太は声をひそめてそう言った。

「え？」

「ゲイかバイ。俺は全然対象外っぽいけどね」

「そうなの？」

「でもって前の同棲相手ってのは男だね、絶対。洗面所とか風呂場とか、女の形跡まったくなかったもん。シャンプーとか二種類あって、どっちもたっぷり残ってたけど、両方メンズ用だったし」

「そうなんだ……」

よく見ているものだと感心してしまう。同じように前回、掃除もしたのだが、聡海はまったく気にしていなかったのだ。ただ、二種類も使っているんだな、と思っただけだった。

「ってことで、お兄ちゃんに報告しなきゃ」

「あー……うん、そうだよね。黙ってるのは、なしだけど……」

下手に隠すのはかえって事態を悪化させる。わかってはいるが、気が重かった。できれば律太の目から見て問題なし、となるのが理想だったのだが。

「グレーが濃くなっちゃったね」

「クロではないんだ？」

「性的嗜好として男があり、っていうのは間違いないと思うけど、だからって聡海に気があると決まったわけじゃないもん。だから濃いグレー。前回の行動もさ、ちょっとふざけただけって可能性もあるわけじゃん」

「ああ……」

軽いようでもやはり律太は聡いし冷静だ。そこは隆仁も評価しているのだろう。

そう、仮に進吾が同性愛者であろうと、聡海が対象になると決まったわけじゃない。人には好みというものがあるし、そもそも気があるだけなら実害もない。隆仁の気持ち的にどうかはともかく、普通は相手の同意なしに手を出してきたりはしないだろう。

電車のなかで隆仁に報告をすませた律太は、すぐに返ってきた返事を見て顔色をなくした。あわあわと、彼は聡海を縋るように見る。

「どうしたの？」

「呼び出しくらった……聡海と一緒に、家に来いって。直接聞きたいって」

「やだって言えば？」

「言えないっ。でも怖いよーう」

とても本気で怖がっているようには見えなかったが、少しごねているので餌《えさ》をぶら下げることにした。

「食べたいものあれば作るけど」

「スペアリブ食べたいです。今日作ったやつ、めっちゃ美味そうだった」

「わかった」

見事に釣れた律太を伴い、聡海はスーパーに立ち寄ってから帰宅することにした。ついでだから、庸介も呼ぶことにした。


最近の隆仁はぴりぴりしている。

会社ではなんとか取り繕っているようだが、それでも社員から「お疲れなのでは」と気遣われていると聞いた。

気心が知れた相手の前だと、それはもうあからさまだ。雄介は唸っているし、庸介はうんざりしたように溜め息をつくし、律太は涙目だ。

そして聡海は、今日も押し潰《つぶ》されそうな夢を見て目を覚ました。

心理的な問題ではない。夢のなかで聡海は物理的に押し潰されそうになるのだ。原因ははっきりとしていた。

夜ごと、聡海は隆仁に抱え込まれるようにして眠っている。夢で潰されそうになるのは現実の圧迫感が作用しているからだろう。

「大丈夫なんだけどなぁ……」

腕のなかでぽつりと呟く。おそらく明け方まで起きていただろう隆仁は、まだ深い眠りのなかにいた。

聡海の目に、隆仁は十二歳のときとあまり変わっていないように見える。スーパー繊維の神経と庸介は言った。ある意味それは正しいけれども、どんな強度を誇るものにだって弱点はある。隆仁の場合、それは聡海だ。

ちゃんと自覚している。だからこの腕を振り払うわけにいかないのだ。

(好きだから、だよ？)

たぶん隆仁には、聡海のこんな気持ちは伝わっていないのだろう。四年も待たせてしまったせいだとすれば、ただただ申し訳なく思う。

「聡海……」

「あ、おはよう。まだ寝てていいよ。僕、朝ご飯作ってくる」

「後でいいよ」

逃がすまいとでもするように抱きしめられて、聡海は力を抜いた。

二人してベッドから出たのはそれから二時間も後のことで、いっそ外でブランチでもという話になった。

いまは大型連休の真っ最中だ。とはいえ聡海も隆仁も勤務は暦通りなので昨日も仕事で、今日から連休後半を二人で楽しもうということになっていた。

車で出かけて、以前から行きたいと思っていた店でブランチを取った。家事代行の仕事をするようになってあらためて感じたことがある。それは味覚の経験値を上げることだ。

「いろいろ食べてみるべき、って思ったんだよね」

だからいままで敬遠しがちだったエスニック系の店を選んだのだ。といっても日本人向けにアレンジされたもので、非常に取っつきやすい上、内装は女性受けしそうなものだったが。

「クライアントはもっとベーシックなものを求めるんじゃないのかな」

「まぁね。けど僕の経験になるからいいの」

グリーンカレーやフォーを仕事で作る機会はそうそうないだろうが、目の前にあるサラダや揚げた鶏などは十分に取り入れられるものだ。

「今度は和食にしようか」

「創作系おもしろいよね。居酒屋もいいけど、隆仁さんには合わない……あ、でも最近はおしゃれなとこもあるよね」

「今度社員に聞いてみるよ」

なんでも食べ歩きが趣味の部下が何人もいるらしい。彼らは趣味を兼ねてあちこち食べ歩いては仕事に役立てているのだという。

他愛もない話をしながら食事をして、一時間ほどで店を出た。入店してからずっと向けられていた視線は、いつものことだから気にしなかった。

一人でいても聡海は視線を浴びるが、隆仁と一緒だとそれはもう凄《すさ》まじいものになる。昔からずっとそうなので慣れてしまい、特に思うところはなくなったはずだが、最近少しだけまた気になるようになった。

「どういうふうに見られてるんだろうね」

「恋人同士」

「うーん……」

冗談めかして隆仁は言うが、実際に自分たちを見て恋人だと思う人は稀《まれ》だろう。人前でベタベタすることはないし、聞こえるほどの声でそれらしい言葉を口にすることもないからだ。ただし甘い雰囲気は出ているから、あやしむ人はいるかもしれない。

やはり兄弟だと思われるのが一番多いのだろう。

「上司と部下よりは、恋人のほうがありそうだけどね」

「まぁ、仕事関係には見えないよねー僕のせいで」

聡海はどこへ行っても学生扱いだ。セイソーズの社員として出向いても、最初は学生アルバイターと思われてしまうのだ。まだ社会に出て日が浅いので仕方ないとはいえ、庸介は社員と思われるので容姿の雰囲気の問題が大きいのだろう。

笑いながら隆仁は聡海の愚痴を聞いてくれた。深刻に考えているわけではないので、あくまでちょっとした自虐ネタというやつだ。

今日は珍しく隆仁の機嫌もよく、聡海も少し浮かれていた。

食事の後は映画を見て、お茶をして、久しぶりに買いものをしようと新しくできた商業ビルに出向いた。場所を選んだのは、聡海でなく隆仁だった。

だから本当にそれは偶然でしかなかったのだ。店名も見ないで、たまたま目についた店に入った途端のことだった。

「白石くん？」

声をかけられて、聡海の笑顔は引きつった。背後にいる隆仁から、すでに冷気のようなものが出ているのを感じたからだ。

「寺島さん……」

どうしてここに、と言いかけて、聡海は店の名前を見た。いるのは当然だ。ここは彼が勤める会社が展開するブランドの一つだった。先日もらったペーパーバッグのブランドとは違うが、そのセカンドラインのようだ。

進吾は探るように隆仁を見ている。とても客を見る目ではなかったし、家事代行スタッフの連れを見る目でもない。

これはとてもマズい状況だ。いままでグレーだと言われてきたが、ここへきて完全にクロだと確信してしまった。

気に入らない男を見るこの目が意味するのは——。

「お兄さん、ですか？」

「あ、はい。そう——」

「恋人です」

被せるようにはっきりと言い放ち、隆仁は聡海の肩に手を置いた。ひゃっと小さくすくみ上がった

Back Home

のは仕方ないことだろう。不可抗力だった。

大型連休の後半の初日、夕方で人の多い時間帯だ。周囲にはこれでもかと客がいるのだ。

館内に流れる音楽のおかげで、さほど声が通らなかったのは幸いだった。だが異様な雰囲気を生み出しているこの空間は、周囲の視線を集めるには十分で、さっきからかなり注目を浴びていた。

一人ずつでも目立つ人間が三人も固まっているのだからむしろ当然だった。

「へぇ……やっぱそうだったんですね」

店員としてここにいることもあり、進吾の口調は丁寧だ。だが表情はその限りではなかった。怪訝《けげん》そうに見てくるほかのスタッフを気にしているのは聡海だけだ。目の前の二人は一触即発といった雰囲気になっている。

「やはり、とは？」

「男いるんだろうな、って思ってたんですよね。反応とか、まぁ……カンで」

「なるほど」

隆仁は薄い笑みを浮かべているものの、漂っているのは冷気だ。対する進吾も強気の笑みを浮かべている。

怯《ひる》む様子がないのはすごいと思った。

「一つ確認したいんだが、君はバイセクシャルか？」

「好みなら、どっちでも」

「なるほどね」

二人の視線がいっせいに向けられ、聡海はびくっと震えた。思わず隆仁の後ろに隠れると、少しだけブリザードが弱まった。

代わりに進吾の溜め息が聞こえた。

「ちなみに付き合いはどれくらいなんですか？」

「十八年だな」

「は？」

進吾は目を瞠《みは》り、やがて納得した様子で頷いた。

変な誤解をされてはたまらないと、慌てて聡海は隆仁の後ろから顔を出した。

「あのっ、従兄弟同士なんです」

「ふーん。あんまり似てないね」

「付き合い始めは、そんな昔じゃないですから」

「さすがに十八年前とかは思ってないよ。ま、どうでもいいんだけどね、十年の付き合いだろうが一年だろうが。これからも家事代行よろしくね。こないだのスペアリブ、また作って」

「あ……はい」

急にクライアントとしての態度になって、にこりと笑う。彼もまた、なかなかの神経の持ち主のようだった。

だからつられるように聡海は頷いてしまった。

「それと、もうわかってると思うけど俺あんたのこと気に入ってるから。彼氏とか関係ないし、俺のこともちょっと考えてみてよ」

「行くぞ聡海」

断る前に引き寄せられ、そのまま店を離れることになった。振り返ってかぶりを振ると、意に介した様子もなく進吾は笑顔で「ありがとうございました。またお越しください」と声を張った。

一方で、ちらりと見た隆仁は無表情だった。

「あのー……」

「そろそろ帰ろうか」

「あ、うん」

「夕食は、なにかあるかな」

唐突な話題に戸惑いながらも、冷蔵庫のなかを思い浮かべてみる。食材も調理ずみのものも、わりと豊富だ。下ごしらえをした状態で冷凍したものも数種類あるから、いろいろ組み合わせれば何日か買いものに行かなくとも問題ないほどには充実している。

「作り置きが、いろいろ……」

「そうか。だったら、問題ないね」

なにがと問うこともできず、そのまま車で自宅へと戻ることになった。家に着くまで、車内に会話はなかった。

この雰囲気はマズいと、経験が警告を発する。

(明日はないかも……)

比喩ではなく、そう思った。もちろん死ぬなんていう意味ではない。明日のほとんどを意識なくベッドで過ごすだろう、という意味だ。

懸念した通り、隆仁はガレージに車を止めると、助手席にまわり込んで聡海の手をつかんだ。握るというよりも捕らえるといった感じだった。そんなことをしなくても逃げないのに、と思ったが、言っても変わらないことはわかっているので黙ってついていく。

そのまま寝室へ連れていかれそうになって、さすがに聡海は訴えた。

「えっと、とりあえずシャワー……」

「そのままでいいよ」

「僕が嫌だよ」

汗はかいていないものの、これからされることを考えればきれいにしておきたい。隆仁は聡海ならばなんだっていいと気にしないようだが、聡海はそう思えないのだ。まだ明るい時間だというのは些《さ》細《さい》なことだった。

するとと隆仁は、軽く顎を引いてバスルームへと向かった。ほっとしたのもつかの間、脱衣所に着くなり服に手をかけられる。

「え？」

「嫌か？」

「そ……んなこと、ないけど……」

一緒に入ったことは何度もある。けれど、いつもはもっと甘ったるい空気が流れていたり、聡海がすでに理性や意識を飛ばしたりした状態だ。手首に痕がつくほど強く握られて連れ込まれ、どこか仄暗い目で見つめられたら、さすがに少し緊張してしまう。

明るい脱衣所で服を脱がされ、おとなしくバスルームに入った。シャワーを頭から浴びていたらすぐに隆仁が入ってきて、後ろからすっぽりと抱きしめられた。

うなじに噛《か》みつくようなキスをされ、鏡の前で身体中をまさぐられる。

目を閉じたのは、たちまち息を上げて身もだえる自分を見たくなかったからだ。いくら慣れた行為とはいえ、自分の恥ずかしい姿なんて知りたくはない。声を上げることにもためらいはないが、浴室は響くからあまり好きじゃなかった。

きっとそんな聡海の心情を理解しきった上で、隆仁はこの場所を選択したのだ。お仕置きの一環なのだと思った。

「んっ、ぁ」

耳を嚙まれ両方の乳首を弄られて、たまらず小さな声が漏れる。幸いなことにシャワーの音でそれは響くことなく消えていった。

鏡に手をついて、快感に耐える。自分がどんな顔をしているのか見るのが嫌で、聡海はきつく目を閉じたまま喘《あえ》ぎ続けた。

目を覚ましたとき、全身が鉛のように重たくて、まぶたを持ち上げるのにも苦労した。

関節がギシギシいっている。腰が痛くて、一番奥がじくじくして、ついでに熱っぽいような怠《だる》さに支配されていた。

昨日はいままでで一番ひどい抱き方をされた。合意なのにレイプされたような気分だった。

暴力的ではなかったが、執拗すぎて泣きじゃくったのを覚えている。覚悟はしていたものの、延々と責め立てられれば本気で逃げたくなったし、懇願もした。だがなに一つ聞き入れてはもらえず、気を失ってようやく逃れることができた。

さすがに少し怖いと思った。失神するまで責められたことは過去にもあったけれども、いずれも隆仁に精神的な余裕があってのことだった。昨夜のようになにかに急き立《せ》てられるように聡海を求めてきたわけではなかった。

(見通しが甘かったなぁ……)

どうやら隆仁は聡海が思っていたよりも追い詰められていたらしい。聡海が靡《なび》かなければいいという問題でもないのはなんとなく察していたが、基準がどうもわからない。

木之元兄弟はいくら聡海と親しくても隆仁は気にならず、律太も大丈夫らしい。と、ここまで考えて、聡海は自分の周囲にあまり人がいないことに気が付いた。

もちろん友達はいる。けれどそれは庸介と共通の友達で、知り合いよりも多少親しいという程度の関係だ。一対一で会うこともなかったし、彼らが聡海に対して特別な感情を抱いている事実もない。あったら庸介が接触させないだろう。

つまり、同世代で聡海に特別な感情を抱き、かつ積極的に近づいてこようとする人間を、隆仁は初めて目の当たりにしたのだ。

(えー……だったら僕なんてもっと危機的状況だったよね?)

少し前に関わった妃菜子《ひなこ》のことを思い出し、なにやら腑に落ちない気持ちになった。言い寄られて微塵も心が動いていないのは同じだが、なにしろ向こうはもっと積極的だった。いや、進吾に関して言うなら、まだ彼は意思表示をしただけで言い寄ってもきていない。なのに隆仁のこの仕打ちはどうなんだろうか。

結論はすぐに出た。隆仁はあまりにも耐性が低いのだ。

いずれにしても進吾の依頼を受けるのは諦めたほうがいいのかもしれない。さすがにこれを押し通す気はなくなっていた。

「ふ……」

喉ががさついて声も出ない。喘ぎすぎたせいだろう。

まるで風邪でもひいたみたいだと思いつつ身体を起こそうとして、聡海は違和感に気が付いた。

後ろから隆仁に抱きしめられている。隆仁は最初から起きていたのか、それとも聡海が目を覚ましたことで眠りから覚めたのかは知らないが、ぎゅっと抱きしめてきて首に唇を落とした。

「おはよう」

「え、ぁ……ん、ちょっ……」

抱きしめられているだけじゃなく、身体が繋がった状態だということにも気付いてしまう。ずっと入れられていたせいか違和感がなかったのだ。

耳を噛まれ、ぞろりと舌を孔《あな》に入れられて、ぞくぞくと身体が震えてくる。

さんざん弄られ赤くなった乳首はまだそのままで、指先で軽くつままれただけで、自然と隆仁のものを締め付けてしまった。

「あ、待っ……て、だめ……だってばぁ」

弱いところを愛撫されて身体は勝手に反応する。呑み込んだままの隆仁を刺激するたび、聡海のなかでそれはみるみる力を取り戻していった。

抗議の声も喘ぎ声も掠《かす》れて、また喉が痛くなってくる。

話をしようと思っても、いろいろな意味でまともな言葉は出てこなかった。

隆仁はほとんど動くことをしないまま、ただ聡海のいいところばかりを弄り続ける。前には触れず、痛いくらいに敏感になった胸と耳を責めていく。

「や……ぁ、あんっ」

乳首だけでいかされる頃には、もう話をしようなんていう気力もなくなっていた。

その後はひたすら一方的に揺さぶられて穿たれて、聡海はすすり泣きの合間に必死で懇願するしかなかった。

もう無理、死ぬから、と泣いて頼んだ。

だが結局聡海が解放されたのは、何度目かの失神で深く深く意識が落ちた後だった。

次に目を覚ましたとき、聡海は寝室ではない場所にいた。

「地下室じゃん……」

相変わらず声は掠れていたが、意識を失う前ほどではなかった。

室内を見まわすと天井近くに細長い高窓が見えるし、父親が残した大量のレコードやCD、そしてDVDなどが棚にびっしりと並んでいる。よく掃除のために入っていたのだから地下室で間違いなかった。

この部屋は家を建てるときに父親がこだわって作ったものだ。完全に趣味のためで、ときにはここで寝泊まりすることもあった。だから聡海がいまいるソファベッドもあるのだ。横になってみたのは初めてだが、意外と寝心地はよかった。

カーテンはしっかりと閉まっているものの、外が明るいことはわかった。時計を見たら、夕方の六時だった。予想通り、聡海は今日という一日の大半を寝て過ごしたようだ。

（あ、れ……？）

違和感に気付いて足を動かすと、じゃらっと金属の音がする。まさかと布団を捲《まく》り上げ、聡海はしばらく茫然とした。

足首には革製の枷《かせ》が塡《は》まっていて、そこから長い鎖が伸びている。鎖は途中からワイヤーになっていて、しっかりとベッドに繋がれてはいるものの、部屋の外へ行けるくらいの長さがあった。さすがに階上へ行けるほどではないだろうが、地下にあるトイレやシャワールームへ行く分には問題なさそうだ。

そして身に着けているのは隆仁のシャツ一枚きりだった。体格がかなり違うので袖がかなり余っている。

意識のないうちに身体を拭くか風呂に入れるかしてくれたようなので、変な気持ち悪さはないが、どうせなら下着も欲しかった。

やがて聡海は大きな溜め息をついた。

（とうとう、やっちゃったか……）

さして驚きはない。やりかねないと庸介には以前から言われていたし、そうだろうなと聡海自身思っていたからだ。対応を間違えればこうなるのだと。

いや、聡海はさほど間違っていないはずだ。そして、この状況を受け入れる気もない。

とにかく隆仁が心配だ。彼の精神状態は、いまどの程度なのだろうか。

見たところ窓を塞《ふさ》いだりはしていないし、鎖を長くしているくらいだから、それほどでもないとは思うのだが。

我ながら図太くなったものだと思う。だがこれは隆仁への信頼が根底にあるからだ。どうあっても隆仁が聡海を傷つけることはないという信頼だ。

子供の頃に暴力を受けた彼は、しかしながら聡海には手を上げたりしない。言葉でも同じだ。絶対に彼は聡海の尊厳を傷つけるようなことは言わない。

昨夜のあれは、聡海に縋っていただけなのだ。身体を繋げていなければ怖くて仕方なくて、聡海の反応によって安堵している。

よく見るとベッドサイドにボトルが置いてあったので、迷わず手を伸ばす。ぬるめの中身は、ハチミツを溶かしたものらしい。仄かに柑橘《かんきつ》類の香りもした。

痛む喉にはちょうどいい温度と甘さだった。

「あー……」

少し声が出るようになってほっとする。もちろんまだざらざらしているが、先ほどよりはかなりマシだ。

ぐるりと室内を見まわし、通信機器のたぐいがないことを確認する。ここは父親の書斎も兼ねていたのでパソコンも置いてあったはずだがいまはない。もちろん聡海のスマートフォンも、ここには持ち込まれていなかった。

テレビはあるが、さすがにつける気にはなれない。

ここは隆仁が来るのを待とうと決めてじっとしていると、しばらくして静かにドアが開いた。

隆仁は起きている聡海を見て、ほっとしたような顔をした。そこにはバツの悪さのようなものも見えて、彼のなかにまだ十分な理性が残っているのが確認できた。

よかった。ここでなんの迷いもない笑顔を見せられたら、前回の説得以上の時間が必要になっていただろう。

「こんなの、いつ用意したの？」

拘束具を指さして、なるべく軽い口調で問いかけたのだが、隆仁からの返事はなかった。少なくとも昨日今日で用意したわけではなさそうだ。

ドアにもたれたまま動こうとしない隆仁は、きっと自分の行動を決めかねている。近づいてこないのは後ろめたさのせいだろう。

「ここ、来て」

ぽんぽんとベッドサイドを叩くと、逡巡《しゅんじゅん》して隆仁はそれに従った。ただしいつもより、少し離れて座った。

さてどうやって切り出そうか。そんなことを考えていたら、隆仁から話しかけてきた。

「身体は大丈夫か？」

「あんまり大丈夫じゃないけど、明日くらいにはきっと平気」

にっこりと笑ってみせると、隆仁は少し戸惑いの表情を浮かべた。聡海の反応が意外だったのだろう。泣かれたり詰《なじ》られたりする覚悟をしていたのかもしれない。

やはりわかっていないんだな、と思った。

「僕の反応、おかしい？」

少しあざといかな、と思いながら、首を少し傾《かし》げてみる。すると少し黙ってから、隆仁は緩くかぶりを振った。

「いや。ただ、普通は俺を非難するところじゃないか？」

「じゃあ僕は普通じゃないんだね」

くすりと笑う聡海を、隆仁は穴が開くかと思うほど凝視した。

真意を探ろうとしているのかもしれないし、単に不安なのかもしれない。隆仁の性格を考えると後者の可能性が高いだろう。

「本当は、ずっとこうしたかった？」

「使うつもりはなかったよ」

「そうなの？　僕も庸介も、いつかやるって思ってたんだけど……」

ぽろりと本心を口にすると隆仁は黙り込んだ。だが反論も文句もないところを見るに、どう思われていても仕方ないと考えているのだろう。実際こうして拘束しているのだし、彼自身も自分のあやうさを自覚していたはずだ。

所在なげな隆仁がもの珍しくて、聡海はだんだんと楽しくなってきた。自分がいまは優位にあるという意識のせいかもしれない。

拘束されて監禁状態にあるのに優位、というのもおかしな話だが。

「僕ね、隆仁さんが安心できるなら、まぁしばらくこれでもいいかなーって、ちょっとは思ってるんだよ」

「聡海……」

「けど、あんまり長くだと、おかしくなっちゃう気もする」

この状況でストレスを感じるなというほうが無理な話だ。たとえ納得して繋がれたとしても、社会と隔絶されたら精神的にバランスを崩してしまうかもしれない。

「助けを呼ぶか？」

「それはないかな」

部屋の窓は普通に開くようだが、聡海は換気以外で開けるつもりはなかった。隆仁を犯罪者にしたくはないからだ。けれど、別にそれは監禁されたいという意味ではないのだ。

隆仁も十分にわかっているはずのことだった。

「僕だって、ずっと隆仁さんと一緒にいたいもん。隆仁さんがバリバリ仕事してるの、格好よくて好きだし、父さんの会社をもっと大きくしてくれたら嬉しいし」

だから隆仁に社会的な傷をつけたくない。言外にそう告げた。

「……そうだね」

「だから、もしおかしくなっちゃった僕でもいいなら、ずっとこのままでもいいよ。隆仁さんに任せる。その代わり、ちゃんと責任取って面倒見てね」

どうなるかなんて想像もつかない聡海だったが悲壮感はなかった。自信と確信あってのことだ。長くても数日だとも考えていた。

鎖をつけたのも衝動的な行動で、脅すためではないはずだ。まして聡海を壊すことを隆仁は望んでいない。

伸ばされた手が頬に触れてくる。恐る恐るといったような、まるで壊れものに触れるかのようなしぐさだった。

「聡海を傷つけたくはないんだ。ほかの人間に傷つけられたくもない」

「うん」

そっと隆仁を抱きしめて、よしよしと髪を撫でた。

聡海の腕に抱かれておとなしくしている人は、聡海よりもずっと年上で身体も大きくて、いまだってこうして腕に余っているけれど、きっと十二歳のときからちっとも変わっていない。

自然と聡海は笑みをこぼしていた。

「隆仁さんって、僕がいないとダメなんだね」

「知らなかったのか？」

「うーん……知ってたけど、なんか思ってた以上っぽかった」

以前よりひどくなった気がするのは、聡海から気持ちを伝えたせいなのかもしれない。欲が出て、失うことを余計に恐れるようになってしまった。

その気持ちは聡海にも少し理解できた。

「僕が人に会わないでいれば、安心できるの？」

「そうだね」

「そっか。うん、いいよ。だったらしばらく監禁されてあげる」

「聡海……」

「その代わりこき使っても文句言わないでよ。外出られないいんだから当然だよね。それと欠勤させる気ならそっちもなんとかしてください」

「ああ」

とりあえず休みは何日か続くのだし、家事代行の依頼も連休中は入っていない。そして清掃のほうもシフトを組まれていないのだ。連休前に隆仁が会社を通して聡海のスケジュールを押さえてきたからだ。形としては白石家の大掃除ということになっていた。

「やっぱり家のことしているのに会社からお給料出るのは、なんか違う気がする」

「正当な報酬だよ」

「うーん……」

「本来、聡海が一人で家事をする必要はないんだよ。そうだろう？」

「でも僕は扶養されてたし……」

このあたりは何度話し合っても堂々巡りだ。どちらもそれがわかっているから、途中でやめてしまうのが常だ。今日もそうなった。

聡海は苦笑して口をつぐみ、隆仁は困ったように笑う。

溜め息をついて、聡海は気持ちを切り替えた。

「とりあえず買いものとかはよろしくね。家事はやるから」

すでにおかしな話になっているが、こうして聡海は隆仁によって「監禁」されることになったのだった。


昼も夜もない日々が続いている。

話し合いの成果によるものか、隆仁の抱き方はずいぶんと落ち着き、家事ができる程度の体力は残してくれるようになった。

だができればもう少し手加減して欲しい、というのが切実な願いだ。

今日も聡海は昼過ぎにようやく起き出し、軽く食事をしてから家のなかを掃除した。だが簡単なものだ。隅々まできれいに……とはいかない。そこまでの体力も気力もないからだ。

眠ったのは、明るくなった頃だったのだ。もちろんそれまでは隆仁に抱かれていた。

（なんで隆仁さんはあんなに元気なんだよ……）

聡海よりも睡眠時間が少ないというのに、隆仁は普段通りに会社へ行って帰ってきた。

抱かれる側の負担はそれなりに大きいとは思うが、それを踏まえてもこの差はなんだろうと溜め息をついてしまう。

健康には自信がある。けれども、体力や持久力で劣るのも事実だ。

「やっぱり運動すべき……？」

ぶつぶつ言いながらキッチンに立つ聡海の足首には、相変わらず足枷が塡まっている。だが鎖もワイヤーも外されていて、足に巻かれているものはただの飾りと化していた。

監禁――というには緩い状態になって、一週間。とっくに連休は終わったが、聡海は仕事に行くこともなく家のことをやっている。これが仕事だと言われても、納得はできないままだった。

ちらりとリビングを見ると、食事を終えた隆仁がタブレット端末を見ながら寛《くつろ》いでいた。

疲れのようなものは微塵も感じさせない。そしてかなりストイックで知的な雰囲気が漂っている。

とても夜な夜な聡海を組み敷いて、人には言えないようないやらしいことをしている男だとは思えなかった。

（ま、僕以外知らなくてもいいことだけどね）

色気を垂れ流しながら獰猛に聡海を抱く隆仁なんて、ほかの誰にも見せたくない。見せてたまるかと思っている。

聡海のなかの独占欲も順調に育っているようだ。ただし一生かかっても、隆仁の域にまでは達せそうもない。

「よし、終わり」

食洗機に使った食器を入れて、シンクやコンロを丁寧に掃除すると、聡海は隆仁が待つリビングに戻った。

ソファに座ろうとしたら、当たり前のように膝の上を指定される。逆らう理由もないので聡海は横向きに膝に乗った。

「なんか狡《ずる》い」

「どれに対して？」

不満をストレートにぶつけると、隆仁は笑みを浮かべた。心当たりは複数あるらしい。

「隆仁さんだけ元気なことだよ」

「聡海は昔から体力がなかったね」

「……こんなとこも母さんに似たのかも」

母親は線が細くて可愛らしい女性だった。疲れやすくて、無理をするとすぐに具合が悪くなって横になっているような人だった。

ただし聡海はそこまでではない。普通に生活していれば寝込むようなことはないのだ。となるとやはり隆仁のせいだとしか思えなかった。

「あのさ、この生活自体は別にいいんだけど、ますます体力落ちそうな気がするんだよね」

「地下室にトレーニングマシンを入れようか？」

「あ、そっち？　うーん……まぁそれでもいいんだけど……」

家事はそれなりに力も使う立派な労働だが、体力作りになるほどではない。掃除機をかけながらの姿勢を工夫したり、日常生活のなかでスクワットを取り入れたりしているのだが、不十分に思えて仕方ないのだ。

「とりあえずロードバイク欲しい」

「わかった」

「それと、スマホ見せて」

要求はすんなり通り、半日ぶりにスマートフォンが聡海の手に戻ってきた。

渡されたスマートフォンを見ると、「大丈夫か」「なにがあった」と、聡海を心配するメッセージが並んでいる。電話も何回か入っていた。

スマートフォンは隆仁が管理している状態だが、彼の前でならば使っていいことになっていた。外部との連絡が制限されていることと、外出できないこと以外は、普通の生活に近いといえた。ただし服は相変わらずシャツ一枚だ。そして隆仁と一緒でないときは地下で過ごしている。

会社を休んで今日で三日目。そろそろ庸介あたりがうるさくなってきた。

「庸介が心配してるんだよね」

「だろうね」

「返事したいんだけど、いい？」

「ああ」

隆仁は聡海の手元を見なかった。一週間前は返事の内容も見ていたが、心情に変化があったのだろう。

庸介と雄介には、体調を崩したと伝えてある。だが見舞いを断ったことで、様子がおかしいと思ったようだった。

なにもない、大丈夫だ、と返しても、まったく納得する様子がなかった。隆仁のほうにも、直接疑惑をぶつけているらしい。

メッセージを送ると、すぐに電話がかかってきた。どうしようかと思っているうちに呼び出し音は切れ、代わりにメッセージが飛んできた。

「いまから二人で見舞いに来るって言ってるんだけど」

「雄介もか」

「うん。今後のシフトのこともあるから、現状を把握させろって」

至極もっともな意見だ。雇用主としては、復帰がいつになるかわからないのは困るだろうし、幼なじみとしての心配もあるのだろう。

不安はきっといくつもの意味で抱えているに違いない。

じっと見つめていると、隆仁は眉間に皺《しわ》を寄せつつも頷いた。

「じゃあ、着替えてもいい？」

「そのままでいい」

「えー……って、まさかコレも？」

足首を指すと、当然だと言わんばかりに隆仁は頷いた。

あの兄弟はどんな反応を示すのだろうか。怒るか呆《あき》れるか、ドン引きするか……。おそらく怒りはしないだろうな、と思う。

うーん、と唸っていると、隆仁は聡海を抱き上げて地下のオーディオルームまで運んだ。歩けると抗議することはしない。隆仁の好きなようにさせると決めているからだ。

隆仁は聡海をソファベッドに下ろし、足枷に鎖を繋いだ。鎖はソファベッドの手すりに固定されていた。

どうやらあえて監禁状態を見せるつもりのようだ。

聡海を薄い毛布でくるむと、隆仁は部屋から出ていった。

三十分ほどして、木之元兄弟が見舞いのフルーツを手にやってきた。といっても近所のスーパーで買ってきたらしいイチゴのパックが二つだったが。

「おま……それ……」

部屋に案内された兄弟はなんとも言えない顔で聡海の顔と足首と、そして隆仁を見ていた。案の定、怒ってはいないようだった。

「おい、隆仁」

「なんだ」

「なんだじゃない。一応聞くが、これはプレイか？　それともマジの監禁か？」

庸介とは違い、雄介は隆仁を諫《いさ》める気持ちがあるらしい。表情は険しく、そして聡海を心配するものだった。

ちなみに庸介は溜め息を一回だけつくと、後はもう普段通りになっていた。

「監禁だな」

「おまえな……」

呆れて二の句が継げない兄をよそに、弟は手にしたイチゴを聡海に差し出した。

「食うか？」

「うん」

旬も終わりのイチゴは、ちゃんと甘くてほんの少し酸味があった。

顔を上げると、雄介がもの言いたげな顔をして聡海を見ていた。監禁にしては雰囲気が緩いと呆れているらしい。

「おまえはなんでも受け入れすぎだぞ」

「仕事休んでごめんなさい」

「まったくだ。でもクビにはしないからな。できれば明日から復帰しろ」

「それは……」

ちらりと隆仁を見ると、眉間に皺を寄せつつも黙っていた。歓迎はしていないが、拒否する気もないらしい。

もともとためらいがちの監禁だったが、隆仁も精神的に落ち着いたようだ。今回彼を突き動かしたのは、聡海の心変わりへの不安ではなく進吾への危機感だったのだろう。二人きりという状況のなかで聡海が襲われる心配が大きかったのだ。

「会社側で、従業員の身の安全に考慮してくれれば、安心して送り出せるんだが……？」

「それが狙いかよ……」

雄介はがっくりと肩を落とした。

なるほど、あえて監禁していると見せつけたのはそういう意図があったのかと、聡海はひそかに頷いた。

「原因は寺島さんとこの息子？」

次のイチゴを聡海に与えながら庸介が問う。彼は律太から進吾のことを聞いており、監禁に至った理由も把握したのだろう。

「うーん原因っていうか、きっかけ？」

聡海は一週間前のできごとを二人に話して聞かせた。進吾がバイセクシャルで、堂々と聡海を狙っていると宣言したことを告げると、雄介は頭を抱えた。

「来週予定入ってるじゃん。どうすんだよ兄貴」

「会社としては、行かせたいとこなんだけどな……せっかくの依頼だし、聡海の希望してる仕事はいまんとこ貴重なわけだし……」

雄介は心中複雑そうで言葉も歯切れが悪い。彼は庸介ほど隆仁の言動に慣れていないから、監禁という事実に困惑しているのだろうし、進吾のことも予想外だったようだ。

「一人では行かせたくないな」

「それはしないと約束する」

「録音機器を持ち込んで、玄関に入るところから記録するようにしようか。勤務状況を確認するためと言えば、向こうも嫌とは言えないだろう」

「牽制《けんせい》か」

「下手なことを言ったら、セクハラかパワハラを理由に仕事を断ればいい。紹介してくれた父親にも言い訳が立つんじゃないか」

「それはできればしたくないんだが……」

聡海も同意見だったので大きく頷いた。正直なところ進吾についてはさほど思うところはないのだが、亡き父を思い出させる人にはあまりストレスをかけたくない。とてもいい人だったのだ。息子の事情をどこまでわかっているのかは不明だが、あまり知って欲しくないと思った。

「あの男がおとなしくしていればすむ話だよ」

「それは俺に、ちゃんと諭しとけって言ってんだよな」

雄介が胃のあたりを押さえているのを見たら気の毒に思えてきた。聡海を雇用したばかりに、余計な気苦労を背負わせてしまったのだ。

「えーと、ご飯食べてく？　なにか作るよ」

時間も時間なので、胃に優しい食事でも作ろうとしたのだが、用事があるから話が終わったら帰ると言われた。庸介も同様だった。

「寺島さんの息子には事前通告しとくよ」

「悪いね」

「思ってもいないこと言うなよ」

雄介は大きな溜め息をつく。

年長組たちが二人で真剣に話し合っているのを、弟組はしばらく黙って見ていた。方針が決まったところで、庸介は聡海に視線を向けた。

「いいのか？」

ソファベッドの肘掛けに座った庸介は呆れ顔だ。隆仁と雄介は聡海の勤務に関して、さらにあれやこれやと話し合っていた。

「もちろんいいよ。なんで？」

「なんでってな……」

晴れやかな顔をしている聡海を見て、庸介は大きな溜め息をついた。

「おまえも大概だよな」

「そうだよ」

聡海は庸介が手にしたパックに手を伸ばした。立ち上がったその際に、巻き付けていた毛布が落ちたが気にしない。そのままイチゴをつまみ上げ、隆仁を呼んだ。

ヘタを取り、隣に座った彼の口にイチゴを放り込む。

その手を握られ、取り出そうとした指ごと舐められた。

「甘い」

「だよね」

イチゴがなくなった後も指を舐められ、ざわりとあやしい感覚が背筋を撫でていく。

呆れる木之元兄弟に微笑みかけると、二人は顔を見合わせて部屋から出ていった。用がすんだからか、いたたまれなくなったからか、理由はどうでもよかった。

聡海は隆仁の腕のなかでおとなしく指を舐められ、それが明らかな愛撫に変わっていくのを感じていた。

あとがき

まず最初に。せつない系、あるいはシリアス系のお話を期待されて本作をお手に取られた方、大変申しわけありませんでした。ご覧の通りです。

いいや、そのつもりだったんですけど、気がついたらそうじゃなくなってまして。なのにタイトルはわりと思わせぶりな感じのままという……。途中で気がついたんですけど、すでに方向転換は難しい状況になっておりました。

特にお友達の律太《りった》が出てくると一気に空気が変わりますし、私の勢いも違うという……。途端に筆の乗りがよくなる、とても便利なキャラでしたね。

ところで昨今では手書きで小説書く人も少なくなったと思うんですが、筆が乗るとか筆を折るって、そのうち通じなくなったりするんでしょうか。そもそも私も手書きしていたのは相当昔のことなんですけども。

タブレットで手書きで小説書く方法もあるんだろうな。今度調べてみよう。案外乗るかもしれないし。……きっと気のせいですね、うん知ってる。

ところでパソコンが昨年夏から不調で、だましだまし使っていたんですが（新しいので、さすがにまた買う気にはなれず）、原因がアダプターにあったことが判明し、現在は問題

あとがき

なく使えております。アダプター繋いだまま使っていると、なんの前触れもなくシャットダウンするという事案が起きたり起きなかったりしていたんですよ半年ほど。

ずっと同じシリーズのパソコンを使っているので、前の機種のアダプターを差し込んでみたら問題が解消されまして。ただし、スリープ状態から回復するたびに文句を言われます。いや、メッセージが出るだけなんですけどね。正しくないアダプターが使用されてますよ的な。でも気にしない。某量販店のパソコン売り場の店員さんも、ぶっちゃけ問題なく使えるんですけどね、みたいなこと言っていたし。というわけで、これからも細々と頑張っていこうかと思います。

話は変わりまして……。

兼守美行《かねもりみゆき》先生、すばらしいイラストをありがとうございました！

とっても美麗で、色気があって素敵です～。書くときにイメージしていた、聡海《さとみ》のふわふわ感も出してくださって嬉しいです。完璧に美しくも攻め感あふれる隆仁《たかひと》もすばらしいです、ありがとうございました。

最後に、ここまでお読みいただきまして、ありがとうございました。そのうちなにかでまたお会いできたら幸いです。

きたざわ尋子《じんこ》

カフェ・ファンタジア

きたざわ尋子
イラスト：カワイチハル

本体価格870円+税

ある街中にあるコンセプトレストラン"カフェ・ファンタジア"。オーナーの趣味により、そこで天使のコスプレをして働く浩夢は一見ごく普通だが、実は人の「夢」を食べるという変わった体質の持ち主だった。そう―"カフェ・ファンタジア"は、普通の食べ物以外を主食とするちょっと不思議な人たちが働くカフェなのだ。浩夢は「夢」を食べさせてもらうために、「欲望」を主食とする昂大と一緒の部屋で暮らしている。けれど、悪魔のコスプレがトレードマークの傲岸不遜で俺サマな昂大は「腹が減ったから喰わせろ」と、浩夢の欲望を引き出すために、なにかとエッチなことを仕掛けてきて…!?

リンクスロマンス大好評発売中

不条理にあまく

ふじょうりにあまく

きたざわ尋子
イラスト：千川夏味

本体価格870円+税

小柄でかわいい容姿の蒼葉には、一見無愛想だが実は世話焼きの恋人・誠志郎がいた。彼は、もともとは過保護な父親がボディガードとして選んだ相手で、今では恋人として身も心も満たされる日々を送っていた。そんなある日、蒼葉は父親から誠志郎以外の恋人候補を勧められてしまう。戸惑う蒼葉だが、それを知った誠志郎から普段のクールさとはまるで違う、むき出しの感情で求められてしまい…。

はがゆい指《はがゆいゆび》

きたざわ尋子
イラスト：**金ひかる**
本体価格 870 円+税

この春、晴れて恋人の朝比奈辰柾が所属する民間調査会社・JSIA の開発部に入社した西崎双葉。双葉は、容姿も頭脳も人並み以上で厄介な性格の持ち主・朝比奈に振り回されながらも、充実した日々を送っていた。そんななか、新たに JSIA に加わったのは、アメリカ帰りのエリートである津島と、正義感あふれる元警察官の工藤。曲者ぞろいの同僚に囲まれたなかで双葉は…。

リンクスロマンス大好評発売中

理不尽にあまく《りふじんにあまく》

きたざわ尋子
イラスト：**千川夏味**
本体価格 870 円+税

大学生の蒼葉は、小柄でかわいい容姿のせいかなぜか変な男にばかりつきまとわれていた。そんなある日、蒼葉は父親から、護衛兼世話係をつけ、同居させると言われてしまう。戸惑う蒼葉の前に現れたのは、なんと大学一の有名人・誠志郎。最初は無口で無愛想な誠志郎を苦手に思っていたが、一緒に暮らすうちに、思いもかけず世話焼きで優しい素顔に触れ、甘やかされることに心地よさを覚えるようになった蒼葉は…。

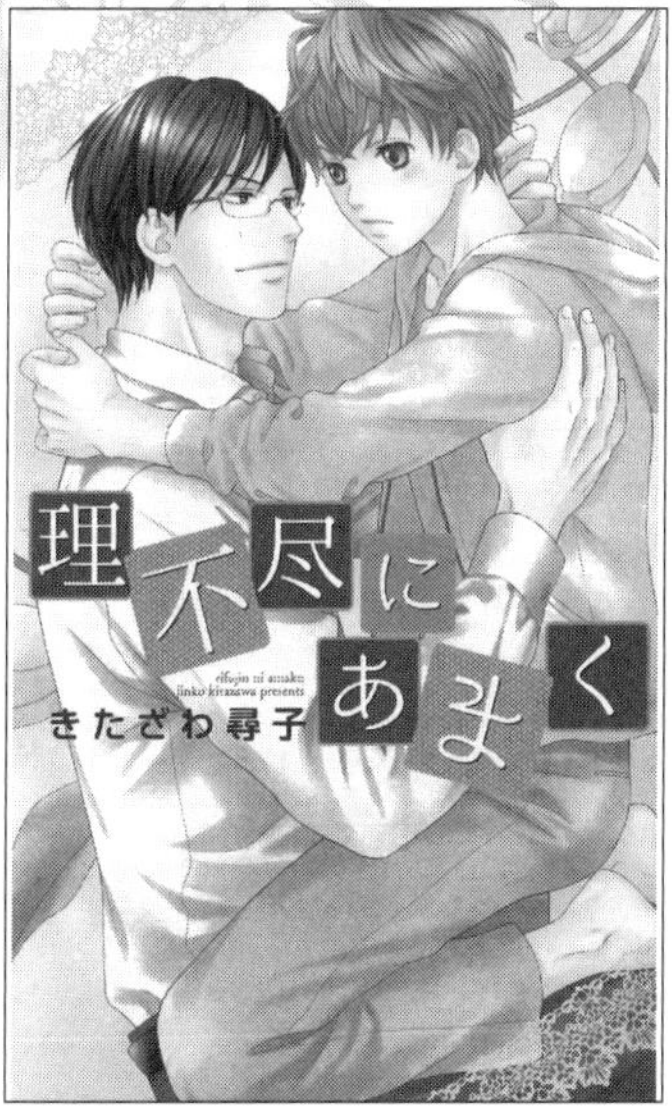

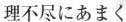

君が恋人にかわるまで《きみがこいびとにかわるまで》

きたざわ尋子
イラスト：**カワイチハル**

本体価格870円+税

会社員の絢人には、新進気鋭の建築デザイナーとして活躍する六歳下の幼馴染み・亘佑がいた。十年前、十六歳だった亘佑に告白された絢人は、弟としか見られないと告げながらもその後もなにかと隣に住む亘佑の面倒を見る日々をおくっていた。だがある日、絢人に言い寄る上司の存在を知った亘佑から「俺の想いは変わっていない。今度こそ俺のものになってくれ」と再び想いを告げられ…。

リンクスロマンス大好評発売中

恋で せいいっぱい《こいでせいいっぱい》

きたざわ尋子
イラスト：**木下けい子**

本体価格 870 円+税

男の上司との公にできない恋愛関係に疲れ、衝動的に会社を退職した胡桃沢怜衣は、偶然立ち寄った家具店のオーナー・桜庭翔哉に気に入られ、そこで働くことになる。そんなある日、怜衣はマイペースで世間体にとらわれない翔哉に突然告白されたうえ、人目もはばからない大胆なアプローチを受ける。これまでずっと、男同士という理由で隠れた付きあい方しかできなかった怜衣は、翔哉が堂々と自分を「恋人」だと紹介し甘やかしてくれることを戸惑いながらも嬉しく思い…。

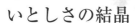

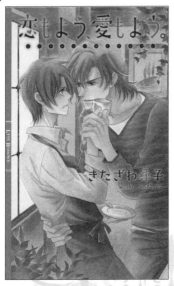

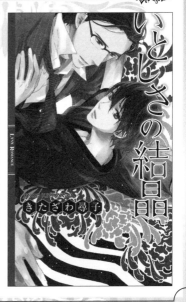

秘匿の花《ひとくのはな》

きたざわ尋子
イラスト：高宮 東

本体価格855円+税

死期が近いと感じていた英里の元に、ある日、優美な外国人男性が現れ、君を迎えに来たと言う。カイルと名乗るその男は、英里に今の身体が寿命を迎えた後、姿形はそのままに、老化も病気もない別の生命体になるのだと告げた。その後、無事に変化を遂げた英里は自分をずっと見守ってきたというカイルから求愛される。戸惑う英里に、彼は何年でも待つと口説く。さらに英里は同族から次々とアプローチされてしまい…。

リンクスロマンス大好評発売中

掠奪のメソッド《りゃくだつのメソッド》

きたざわ尋子
イラスト：高峰 顕

本体価格 855 円+税

過去のトラウマから、既婚者とは恋愛はしないと決めていた水鳥。しかし紆余曲折を経て、既婚者だった会社社長・柘植と付き合うことに。偽装結婚だった妻と別れた柘植の元で秘書として働きながら、充実した生活を送っていた水鳥だったが、ある日「柘植と別れろ」という脅迫状が届く。水鳥は柘植に相談するが、愛されることによって無自覚に滲み出すフェロモンにあてられた男達の中から、誰が犯人なのか絞りきれず…。

指先は夜を奏でる《ゆびさきはよるをかなでる》

きたざわ尋子
イラスト：**みろくことこ**
本体価格855円+税

音大で、ピアノを専攻している甘い顔立ちの鷹宮奏流は、父親の再婚によって義兄となった、茅野真継に二十歳の誕生日を祝われた。バーでピアノの生演奏や初めてのお酒を堪能し、心地よい酔いに身を任せ帰宅するが、突然真継に告白されてしまう。奏流が二十歳になるまでずっと我慢していたという真継に、日々口説かれることになり困惑する奏流。そんな中、真継に内緒で始めたバーでピアノを弾くアルバイトがばれてしまい…。

リンクスロマンス大好評発売中

だって うまく言えない《だってうまくいえない》

きたざわ尋子
イラスト：**周防佑未**
本体価格 855 円+税

料理好きが高じて、総合商社の社食で調理のスタッフをしている繊細な容貌の小原柚希は、小さなマンションに友人と暮らしている。ワンフロアに二世帯しかなく隣人の高部とは挨拶を交わす程度の仲だった。そんなある日、雨宿りをしていた柚希を通りかかった高部が車で送ってくれることに。お礼として料理を提供するうち二人の距離は徐々に近づいていくが…。

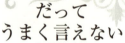

ささやかな甘傷《ささやかなかんしょう》

きたざわ尋子
イラスト：毬田ユズ

本体855円+税

アミューズメント会社・エスライクに勤める澤村は、不注意から青年に車をぶつけてしまう。幸いにも捻挫程度の怪我ですんだが、「家に置いてくれたら事故のことを黙っていてやる、追い出したら淫行で訴える」と青年は澤村を脅してきた。仕方がなく澤村は、真治と名乗る青年と同居生活を送ることになった。二人での生活にもようやく慣れ、彼からの好意も感じられるようになった頃、真治が誰かに追われるように帰宅してきて…。

リンクスロマンス大好評発売中

憂惑をひとかけら《ゆうわくをひとかけら》

きたざわ尋子
イラスト：毬田ユズ

本体価格855円+税

入院した父の代わりに、喫茶店・カリーノを切り盛りしている大学生の智暁。再開発によって立ち退きを迫られ、嫌がらせもエスカレートしてきていた矢先、突然7年ぶりに血のつながらない弟の竜司が帰ってきた。驚くほど背が高くなり、大人の色気を纏って帰ってきた竜司に、智暁は戸惑いを隠せなかった。さらに竜司から「智暁が好きで、このままでは犯してしまうと思って家を出た」と告白をされ、抱きしめられてしまい…。

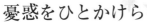

LYNX ROMANCE

小説原稿募集

リンクスロマンスではオリジナル作品の原稿を随時募集いたします。

募集作品

リンクスロマンスの読者を対象にした商業誌未発表のオリジナル作品。
（商業誌未発表のオリジナル作品であれば、同人誌・サイト発表作も受付可）

募集要項

＜応募資格＞
年齢・性別・プロ・アマ問いません。

＜原稿枚数＞
４５文字×１７行（１枚）の縦書き原稿、２００枚以上２４０枚以内。
※印刷形式は自由。ただしＡ４用紙を使用のこと。
※手書き、感熱紙不可。
※原稿には必ずノンブル（通し番号）を入れてください。

＜応募上の注意＞
◆原稿の１枚目には、作品のタイトル、ペンネーム、住所、氏名、年齢、電話番号、メールアドレス、投稿（掲載）歴を添付してください。
◆２枚目には、作品のあらすじ（４００字～８００字程度）を添付してください。
◆未完の作品（続きものなど）、他誌との二重投稿作品は受付不可です。
◆原稿は返却いたしませんので、必要な方はコピー等の控えをお取りください。
◆１作品につき、ひとつの封筒でご応募ください。

＜採用のお知らせ＞
◆採用の場合のみ、原稿到着後6カ月以内に編集部よりご連絡いたします。
◆優れた作品は、リンクスロマンスより発行させていただきます。
原稿料は、当社既定の印税でのお支払いになります。
◆選考に関するお電話やメールでのお問い合わせはご遠慮ください。

宛先

〒151-0051
東京都渋谷区千駄ヶ谷４−９−７
株式会社　幻冬舎コミックス
「リンクスロマンス　小説原稿募集」係

初出

僕の恋人はいつか誰かのものになる	2018年 リンクス1月号掲載
それが愛だと言うならば	書き下ろし

この本を読んでの
ご意見・ご感想を
お寄せ下さい。

〒151-0051
東京都渋谷区千駄ヶ谷4-9-7
(株)幻冬舎コミックス　リンクス編集部
「きたざわ尋子《じんこ》先生」係／「兼守美行《かねもりみゆき》先生」係

リンクス ロマンス

僕の恋人はいつか誰かのものになる

2018年2月28日　第1刷発行

著者……………きたざわ尋子《じんこ》
発行人…………石原正康
発行元…………株式会社　幻冬舎コミックス
〒151-0051　東京都渋谷区千駄ヶ谷4-9-7
TEL 03-5411-6431（編集）
発売元…………株式会社　幻冬舎
〒151-0051　東京都渋谷区千駄ヶ谷4-9-7
TEL 03-5411-6222（営業）
振替00120-8-767643
印刷・製本所…株式会社　光邦
検印廃止

ISBN978-4-344-84168-0 C0293
Printed in Japan

幻冬舎コミックスホームページ　http://www.gentosha-comics.net